熊小猴 著

楔子

斗大的雨滴，像是子彈般粗暴地將山路的泥地擊出一個又一個的坑疤。

在漆黑如墨的冬夜，荒廢已久的深山破屋裡傳來淒厲的哀號聲。

「大哥……我好痛……」

「撐不下去了……」

「我的肚子……」

聽起來，這不是只有一個人的聲音，當中有男有女，但共同點是，這些人都發出了發瘋般的鬼吼鬼叫聲。

「我也不忍心眼睜睜看著你們受苦。」一低沉的男子聲從屋內傳出，從那語調聽起來，彷彿可以想像得到他那咬牙切齒的面容。

他的回應並沒有平息這些人的情緒，反而讓哀號聲更為淒厲。

「救救我們……大哥……」

「咿咿……啊啊……」

「救救我們……」

「好！我來幫你們解脫！」那嗓音低沉的男子咆嘯一聲。

砰！砰！砰！

在連三聲槍響後，屋子頓時變得安靜。

此時屋內只剩一個人活著，那便是嗓音低沉的男子，他將槍口緩緩放進自己的嘴裡……

砰！

腦漿炸裂，鮮紅色的血液在屋子裡胡亂噴射。

那潺潺鮮血從男子嘴裡流出，循著地板往角落擴散。

一個歪斜、倒在地上的廢棄二郎神像，正目睹著眼前發生的一切。

01

這裡發生了命案。

經過住戶緊急通報，轄區分局的員警來到現場，並在周遭拉起封鎖線。

一輛警車駛到案發的公寓附近停下，因為有其他要事在身而耽誤了點時間的他們，在抵達的時候，公寓外頭已經停靠了好幾輛同事的警車。

命案這種事情，對一般民眾來說，可是嚇破膽的大事，但對資深員警羅宇龍而言，這不過只是自己十年警察生涯裡面遇過的眾多命案的其中一件，並不足以大驚小怪。

接手這個案子的他，與此行一同前往的同事劉敬明穿過封鎖線，走進屋內。

「敬明，快一點。」羅宇龍催促著後面這個雖然是警校同期入學，畢業後一起分發進警局，但個性及做事方式都跟自己天差地遠的搭檔。

在敷衍地應付了幾聲後，劉敬明跟在羅宇龍的腳步後面，一前一後進門。

現場一片狼藉，很明顯是有打鬥過的痕跡。

看到早些時候進屋的菜鳥同事彥辰，羅宇龍開門見山直問：「嫌犯人在哪裡？」

「窩在房間角落喃喃自語呢。」蹲在地上蒐證的彥辰抬起頭。

「他的家人狀況如何？」羅宇龍接著追問。

「失血過多，都死了……」說到死這個字，向來膽小的彥辰忍不住壓低聲音。

「帶我去看一下嫌犯。」環顧完四周，羅宇龍看著彥辰。

嘎一聲，原本半掩的房門緩緩打開，雙手反綁、俯身面向地板的，正是這次命案的嫌疑殺人犯，許克華。

從外貌看起來，這人的年紀和羅宇龍差不多，也就是約莫三十出頭左右，但相較於一般正值壯年的男子來說，許克華不只面黃肌瘦，雙眼還裹了層厚厚的黑眼圈，依照羅宇龍過往的經驗來判斷，這人可能有吸毒的習慣。

「他是毒蟲？」羅宇龍轉頭看著彥辰。

彥辰點點頭，「中午問了一下這附近的住戶，聽說這人現在沒有穩定的工作，平時只靠打零工維生，每次毒癮發作時，就會在屋子裡面發瘋亂叫。」

「有找到這人行兇的證據嗎？」羅宇龍揚起眉毛。

「切肉刀。」另一位菜鳥同事坤霖，將刀子遞上。

羅宇龍端詳著眼前這把沾滿血跡的刀，好一會才說道：「等等拿回去驗指紋。」

在坤霖離開後，羅宇龍蹲下身，看著雙眼無神、自言自語的許克華。

「告訴我，為什麼要殺你爸媽？」

「啊啊……啊啊……」許克華口吐白沫，身體不停地抽搐。

「是你殺了你爸媽嗎？」

許克華眼珠子暴突出來，但卻一句話也說不出口。

「看來他是神智不清了。」彥辰說。

「有找到他精神病史的紀錄嗎？」羅宇龍問。

「根據最新回傳的資料，這人不只有吸毒的紀錄，幾個月前還強制被家人送到精神科求診。」彥辰回答。

「嗯，先把他帶回警局釐清案情。」

正當羅宇龍準備起身時——

「啊啊啊啊啊啊啊啊！」

原本蜷伏在地的許克華，此時突然無預警地抓狂並朝羅宇龍發動攻擊，這蠻牛般的力勁，讓沒有太多心理預期的羅宇龍，一個重心不穩跌坐在地上。

回想起來，還好許克華的雙手已被反綁，否則後果恐怕不堪設想。

許克華的攻擊，並沒有因為羅宇龍的跌坐而停止，他繼續以雙手反綁的態勢朝羅宇龍身上衝撞。

「把他架開！」隨著羅宇龍高呼，彥辰和坤霖齊力將許克華壓制在牆上。

「幹幹幹幹幹幹幹幹幹！」許克華的嘴巴依然像是非洲草原的食肉動物般齜牙咧嘴。

羅宇龍隨手拿起狗狗用的防咬嘴套，套在許克華的嘴巴上。

說也奇怪，自從套上防咬嘴套後，許克華異常安靜了下來。

「看來他很適合這一套。」

02

夜幕低垂。

霞山分局內，身為單位小組長的羅宇龍，一如往常待在位子上加班。

儘管早已脫離菜鳥階段，但個性耿直、富有責任感的他，對手上的工作總是毫不馬虎看待，也因此一忙起來，往往連飯都沒辦法準時吃。

此時羅宇龍手上一疊厚厚的資料，都是關於今天白天那個公寓兇殺案件。

就目前既有的資料以及證人的說法，嫌疑犯叫許克華，一個有吸毒前科，和父母親及弟弟同住的精神病患。許克華的父親是金融業高管、母親是大學教授、弟弟則正就讀研究所，全家除了許克華外，交友及作息都十分正常，從初步看起來，這就是個再正常不過的家庭。其實從許克華國小的照片看來，他應該曾經也是個單純、乖巧的孩子，至少在拍照的那個當下是如此，但這原本還算和樂的家庭，卻在許克華長大後慢慢開始變調，甚至在他出社會結交壞朋友、染上吸毒的習慣後，整個崩盤。

從此，許克華開始藉故晚歸、三天兩頭找理由不去上班，和家人的關係也出現嚴重的裂痕，鄰居則視他為瘟神……在受不了許克華精神異常、整天胡言亂語下，他的父母強制送他到精神科診斷，儘管有定期服藥，但難以捉摸的病情仍時而發作，每當瘋魔病起時，許克華就會一個人躲在房間裡面喃喃自語，好似牆壁裡藏著一個人正在聽他說話。聽說受到許克華怪異行為的影響，他的家人後來甚至考慮請神職人員來家裡探訪，但沒想到牧師還沒來到家裡，這齣慘案就已經發生。

調閱完整棟公寓各角落監視器的錄影帶，羅宇龍確認案發當時人在屋內的，只有許克華跟他的家人，目前就只剩兇刀的指紋比對，只要指紋比對結果出爐，確認上面的指紋是許克華所有的話，這個案子就算是破案了。

看來這又是一場吸毒導致的人倫悲劇。

想到這裡，羅宇龍不禁覺得……如果他的家人能夠針對許克華的異狀，更早、更積極處理就好了，那或許就能預防今天這場悲劇的發生。

03

「巧巧有什麼問題嗎？」在女兒巧巧的國小懇親會，羅宇龍和班導師小優面對著面。

「巧巧是很乖的孩子，只是比較害羞，相對也比較不容易融入群體。」小優看著安靜待在旁邊畫畫的巧巧。

「這孩子從幼稚園的時候就比較安靜，話不多。」羅宇龍的笑容中帶點尷尬。

「話少倒還是其次，我在學校的觀察是……巧巧在文字及語言方面的學習上，可能會比同齡的孩子來得遲緩。」

「哦。」羅宇龍揚起眉毛。

「我在猜……巧巧可能有自閉症。」小優認真地看著羅宇龍。

見羅宇龍沒有回應，小優又繼續說：「羅先生，我會建議由您這邊提家長同意書，先讓巧巧做自閉症鑑定，如果鑑定結果真的是自閉症的話，巧巧可能要轉到特教學校去。」

聽小優這麼說，羅宇龍皺起眉頭來，他過了一會才緩緩說道：「這個我再考慮一下。」

「羅先生，您是不想讓巧巧轉到特教學校去嗎？」

「我有我的考量。」羅宇龍苦笑。

「既然您有您的考量，我這邊也就不便再多說了，但您可以再考慮一下，畢竟隨著孩子成長，在適應學校生活方面，巧巧可能會越來越辛苦，跟同學之間也可能會產生一些衝突或摩擦。」小優露出擔憂的神情。

「好的，我知道了，謝謝老師提醒。」羅宇龍擠出一絲笑容。

懇親會結束後，伴隨著的是連續假期，在開車載巧巧回家的時候，羅宇龍滿腦子都是剛才在學校和班導師的對話。

巧巧是羅宇龍和前妻淑敏生下的孩子，在這孩子出生沒多久，羅宇龍就感覺到這孩子和其他一般的小孩不太一樣，除了在語言學習上落後於其他孩子外，巧巧常常自己一個人躲在房間裡面畫畫，對旁人的搭理也總是不理不睬。

對於巧巧從小就失去母親陪伴這件事，羅宇龍的內心是滿滿的愧疚，然而長期婆媳問題以及夫妻觀念不合，沖垮了兩人結婚前愛情的甜蜜。在簽訂離婚協議書之前，原本淑敏想要把巧巧帶走，但在羅宇龍強烈的堅持與反對下，巧巧終於成功留在羅家，只可惜因為平時工作繁忙，羅宇龍並沒有太多時間陪伴巧巧，而只能依靠年邁的母親照顧她。

餐桌上，一家三口吃著晚餐。回想起來，距離上次這樣三人一起在餐桌上用餐的時光，好像都已經是快半年以前的事情了，羅宇龍思索著。

擺在桌上的菜色有番茄炒蛋、三杯雞、蒸蛋、炒空心菜……這些都是自己從小到大喜歡吃的東西。

用餐的過程中，向來就有點安靜、自閉的巧巧，低頭專心吃著碗裡的地瓜稀飯，而羅宇龍和母親也沒有太多的互動或談話，他悶著頭吃著自己的飯，直到母親打破沉默的氣氛。

「阿龍，我聽對面巷子的春水嬸說，有家月老廟還蠻靈驗的，等你下次放假，要不要跟我一起去那裡拜一下？」

「我最近常常要加班。」羅宇龍低著頭咀嚼飯粒。

「再怎麼加，總也有放假的時候吧？」母親蹙起眉頭。

「我現在沒有心思去拜那種東西。」如果不是還在吃飯，羅宇龍真想迴避這個話題。

「啊你跟淑敏也離婚好多年了，總也該放下這段過去，找個新的好對象吧？」

「媽，我現在的重心放在工作上，暫時沒有想找新對象的打算。」羅宇龍抬頭瞄了母親一眼。

「好啦，我只是剛好聽春水嬸這麼說，才順便問你一下。」儘管嘴巴這麼說，但母親的表情看起來並沒有很開心。

「嗯嗯。」

「我看你最近加班加得很兇，每天都很晚回來。」哪壺不開提哪壺，母親又提起這件容易導致口角衝突的事情。

「沒辦法，這份工作就是這樣。」

的確，警察的工作是忙碌的，尤其自己又身為單位小主管，然而頻繁加班的背後，其實潛藏著許多結構性的問題，這並不是單一個人有辦法隨便去扭轉的。

「我前幾天聽阿秋姨說，他兒子最近找到一份工作還不錯，每天準時下班、固定早班不用輪班，薪水跟你現在的工作差不多，你要不要也應徵看看？」

「可是我蠻喜歡警察這份工作的。」羅宇龍看著餐桌桌面。

「這份工作到底有什麼好？」母親放下筷子，露出不悅的神色。

「當警察是我從小的志願，也是夢想。」羅宇龍抬頭看了母親一眼。

「夢想、夢想、夢想，難道夢想真的那麼重要，值得你花這麼多時間跟精力去做這些事情？」

「我對這份工作的熱忱，打從唸警校開始就沒有變過。」羅宇龍語氣堅定。

「說到警校，那時候叫你不要唸，你就堅持硬要填這個，你知道自從你當警察以後，我每天晚上都睡不好覺。」

講到這個話題，羅母又免不了嘮嘮叨叨舊事重提，提起她覺得羅宇龍還是小的時候比較單純、比較可愛，然而站在羅宇龍的立場，他今年都30多歲了，又怎麼可能像還沒社會化的小孩子那樣天真無邪呢？再說，刑警是個充滿攻防及算計的工作，要勝任這種工作，心思就不可能太過單純，他覺得自己的人生不斷在往前走，然而母親卻依舊活在他的過去，緬懷小時候的那個他，這讓羅宇龍覺得萬般無奈。

「生死有命，富貴在天，妳就不要操煩太多了。」羅宇龍的語氣和緩了起來。

「我真的很怕……很怕你哪天會跟你爸一樣……」說到這裡，母親開始啜泣。

「媽……」

這些年，類似這樣的口角衝突已經不是第一次發生，每隔一段時間，羅宇龍和母親就會因為職業選擇的關係而發生爭吵。

對於不少人來說，警察並不算一個好工作，但這並不是因為警察的收入太少，而是因為危險性太高，高到一般人不覺得這是一個安穩的工作。

除此之外，警察工作時間的不固定性，也常常讓母親的怒火在逢年過節時引爆，而這樣觀念上的衝突，也正是兩人關係產生裂痕的一個重要原因，無法改變母親觀念的他，只能減少待在家裡的時間來避免更多的摩擦。

04

雖然許克華的精神狀況極度不穩，審問的說詞也反反覆覆，這些都阻礙了案情的偵辦，但指紋比對的結果出爐，兇刀上面的指紋的確是許克華所有，這成了強而有力的證據。

此外，根據法醫勘驗所推測出的結果，許克華應該是把行兇的切肉刀預先藏在包包裡面，等凌晨全家都入睡後，再從包包裡面拿出切肉刀。他先到弟弟的房間把弟弟砍死，待父母聽到叫聲趕過來時，再拿同樣一把刀刺向母親的心臟。在閃避不及的情況下，母親一刀斃命，而後許克華和父親在走廊上扭打，他一邊扭打一邊拿刀狂刺父親的背，血跡一路從走廊蔓延到入口處的客廳，最終許克華的父親被他壓制在地板上，活活掐死。在掐死後，許克華還對已經斷氣的父親補了好幾刀，之後他詭異地待在客廳原地和空氣對話，直到警局同仁聞訊趕到現場，破門而入才被逮捕。

雖然看似罪證確鑿，但因為許克華有精神病的就醫紀錄，目前只能先行羈押，至於是否有罪，還需等待日後法官判定才能決定。毒品的部分，羅宇龍從許克華的手機找到他與毒販的通聯紀錄，從這些對話裡面，羅宇龍得知許克華常常和一位綽號叫做小蟲的毒販叫貨，而小蟲近日因為遭到警方通緝而逃亡中，目前下落不明。

就在這個案子大致落幕的時候，一波未平一波又起，轄區發生了銀行搶案。那幾個歹徒不知是窮瘋了還是發起神經，居然光天化日跑進銀行裡面搶劫，因為他們手上有槍，警局一口氣派了十幾名同仁前去圍捕。

剛執行完手上的任務，準備前去支援搶案的羅宇龍跟劉敬明，在途中收到長官宋興邦的電話。

「喂，宇龍，你跟敬明在路上嗎？」

「對，大概還要十分鐘才到。」

「你們先不要過去。」

「是，怎麼了嗎？」

「剛剛接獲通報，大同社區又發生了一起命案，你們兩個先過去那裡看看。」

「好。」聽完宋長官給的地址，兩人轉而開車前往大同社區。

發生命案的是位於社區大樓C棟二樓的一個住戶，一到社區門口，身材高壯的警衛就面色蒼白地向前告知整件事情的概況。

「所以你說……裡面有死人？」羅宇龍抬頭仰望這棟大樓的格局。

「對，這房子住著父母及兒子共三人，鄰居們聽到怪聲後，向我們管委會通報，我找鎖匠好不容易開了門，一進去就聞到濃厚的血腥味。」

「什麼樣的怪聲？」羅宇龍問。

「起先是兒子發了瘋般毆打父母的聲音，接著是他自己發出像是自殘一樣的淒厲叫聲。」說到這裡，警衛打了個哆嗦。

「那你們進去以後，有發現什麼嗎？」羅宇龍面色凝重。

「三具屍體。」警衛壓低音量。

「一家三口都死了？」羅宇龍追問。

「對，一家三口都死了。」警衛渾身發抖。

聽警衛這麼說，羅宇龍抿起嘴巴。

「帶我們到二樓看看。」他看著警衛。

不知是否出於恐懼，聽羅宇龍這麼說，警衛竟露出猶豫的神色，在考慮了幾秒後，最終還是勉為其難地帶著他們過去。

上到二樓，馬上聽到這裡的住戶議論紛紛。

「借過～借過～拜託請借過～」因為二樓聚集的民眾實在太多，三人必須要用推擠的方式才能走到兇宅門口。

見現場混亂，劉敬明先在樓梯口拉起封鎖線，並開始驅散原本在外頭圍觀的民眾。按照他一貫混水摸魚的個性，光這件事情，大概就要十分鐘以上才能搞定。

「怎麼不進門？」羅宇龍看著呆站在門口，遲遲不肯進門的警衛。

「可以不要進去嗎？」警衛的聲音帶著顫抖。

「怎麼了？」

「這裡面……很邪門。」警衛壓低音量。

「什麼邪門？」

「這屋子很邪門。」警衛面色鐵青。

「光天化日的，平時又沒做虧心事，哪怕什麼邪魔歪道。」原本羅宇龍想推著對方進門，結果警衛居然當場腿軟，單膝跪在地上。

「行了行了~那不然你待在外面，我一個人進去。」在入門前，羅宇龍打了通電話向長官報告概況，並請求人力支援。

通報完，無可奈何的羅宇龍，小心翼翼地把半掩的大門推開。

一開門，他發現入口處的客廳沒有開燈，整個客廳只靠陽台照進來的光線支撐照明，在實際走進屋內後，果然如警衛所說，一股混雜著血腥與發霉的怪味撲鼻而來。

儘管如此，整個客廳空蕩蕩的，別說一個活人了，連半具屍體都沒看到。

羅宇龍走到牆邊開燈，但詭異的是不管怎麼按，燈都不亮，因為室內光線實在太過黯淡了，手拿槍的羅宇龍，不自覺地從口袋裡面掏出警用的手電筒。

在手電筒光線的照耀下，羅宇龍小心翼翼地前進，客廳雖然凌亂，但初步看起來並沒有什麼特別異常的地方。穿過客廳，羅宇龍繼續往屋子深處的長廊走去，那裡由外到內共有三個房間，除了第一間房門緊閉外，另外兩間的房門也都只開了一條細縫。

握緊手上的槍，羅宇龍先轉開第一個房間的門把——

房間裡有好幾排黑鋼做成的架子，架子上面堆了不少日常生活用的雜貨，水桶、熱水壺、行李箱、陶瓷碗……等等，除了這些雜貨與儲物架以外，裡面並沒有床或書桌之類一般臥房會有的擺設。

就用途來說，這看起來是一間儲藏室。

確認沒有什麼值得觀察的地方，羅宇龍緩步離開了儲藏室。

就在他回到長廊，準備往第二個房間走去時，儲藏室最後方突然發出了喀啦的聲響，那似乎是某個塑膠水桶被踢倒的聲音。

「是誰？」羅宇龍轉身，將手電筒照向了後方那一大片未知的漆黑。

透過手電筒光線的照射，羅宇龍依稀看到了角落裡有團黑影在晃動。

「有人嗎？」羅宇龍一步步走近剛剛發出聲音的地方。

「哈囉？」

此時的羅宇龍，距離剛剛發出聲音的地方，已不到五步之遙。

咚。

這次換隔壁貨架，裝貨品的紙箱發出了不知名的怪聲。

出於直覺，羅宇龍迅速將手電筒的光線移到了紙箱那邊……

刷！

一雙在黑暗中會發亮的眼睛，此時正猛盯著羅宇龍瞧。

還來不及有任何的反應，那團黑影以張牙舞爪的姿態，飛快地撲向羅宇龍，同時還伴隨著凌厲的野叫聲。

嘎嘎——喵嗚——

黑影竄動的速度之快，讓羅宇龍連連倒退幾步。

好不容易穩住陣腳，那黑影早已穿過羅宇龍的身邊，跑到了儲藏室門口。

回頭用手電筒一照……

原來是一隻曼德勒黑貓。

和羅宇龍雙目對視了幾秒，那貓頭也不回地跑了，聽聲音似乎是往客廳另一頭的廚房跑去。

「喵～」

虛驚一場。

努力收拾好情緒，羅宇龍又繼續往長廊深處走去。

嘎──

第二間的房門打開。

房間裡面一片漆黑，在黑暗裡，羅宇龍覺得自己的腳似乎踢到了什麼硬硬的東西，用手電筒向下探視……

一個臉上毫無血色，像恐怖電影裡面吊死鬼般吐著長舌的男子橫躺在地板上。

羅宇龍將中指和食指併攏，一齊湊到這男子的鼻前，發現對方已無氣息，從那扭曲的面孔及快要從眼窩裡暴突出來的眼珠子來看，這人生前應該和別人經過一番激烈的扭打。

不知為何，縮手後，羅宇龍覺得自己的手指有溼溼黏黏的感覺，用手電筒照了一下手指，發現那居然是血！

透過眼角餘光瞄到開關，羅宇龍順手打開房間的日光燈，他終於看清楚了……男子全身上下，從臉、脖子、雙手、小腿……各部位充滿了大大小小的瘀青及傷痕！

除此之外，男子身上還間歇性飄來一種說不上來的怪味，那怪味不只是血腥味和體臭味，還有一股淡淡的屎味！強忍作嘔的感覺，羅宇龍捏著鼻子，使勁將男子的身體翻了過來。

這才看了明白。

原來是一團團屎彈從男子內褲爆射開來，噴灑到居家短褲上面。

初步從外觀來判斷，這人恐怕是在凶險的情況下極度驚恐，因此在扭打的過程中，一邊噴屎、一邊奮力抵抗兇手，最終留下了這一大灘汙漬。

所以，這人是被活活打死的？

如果真是如此的話，那兇手還真是兇殘。

現場沒有留給他太多思索的時間，羅宇龍發現房間雙人床旁邊的地板上，躺著另外一個人。應該說……是另外一具屍體，如果她已死去的話。

那是一個中年女人，從外觀判斷，年紀應該和死去的男子差不多。

羅宇龍同樣用雙指測試這女人是否還有氣息，結果發現她也已氣絕多時。此外，脖子上還有十分明顯的勒痕，看來可能是被人活活掐死。

回想起剛才警衛在樓下簡述的概況，羅宇龍心中有了約略的答案，目前只剩最後一個房間還沒進去。

雖然這只是一個沒有根據的猜測，但羅宇龍總覺得……在那最後一個房間裡面，可能藏著什麼祕密，而這祕密就是案件偵破的關鍵。

正當羅宇龍轉身，準備往最深處的房間走去時，他迎面差點和一個人撞上！是劉敬明。

「你幹嘛？進屋子也不打聲招呼。」羅宇龍忍不住低聲碎嘴。

「我也差點被嚇一跳。」劉敬明像是回過神來般，支支吾吾回答。

「封鎖線拉好了嗎？」

「拉好了。」

「那些民眾還好吧？」羅宇龍想起入屋前的情況。

「像是發了瘋般，到處議論這間屋子的怪象。」

「難道這屋子真有這麼邪門？」儘管這念頭從腦中一閃而過，但羅宇龍隨即恢復往常的鎮定。

「那警衛也落跑了。」劉敬明吞了吞口水。

「算了，他想落跑就由他去吧，反正事後傳喚，他還是得到場。」

「也對。」

「剛剛已巡過前面第一個房間，那裡除了堆放一些雜物外，沒有什麼特別的地方。」羅宇龍簡單交代剛才搜索的狀況。

「那警衛不是說，這屋子總共有三具屍體？」

「嗯。」羅宇龍環顧四周，「光這個房間裡面就死了兩個人，如果沒猜錯的話，應該是父母親。」

「所以還剩他們兒子的屍體沒找到。」劉敬明嘀咕著。

「剛才匆忙之下沒問仔細，我在想……答案可能在最後一個房間。」羅宇龍推估。

漆黑的長廊上，手持警槍及手電筒的兩人，小心翼翼地靠近最後的房間。出於謹慎，兩人儘量放低腳步聲，讓裡面察覺不到外面的情況，以免等等真的有什麼突發意外產生。

房門外，羅宇龍向劉敬明使了個眼色，劉敬明靠在牆邊，透過門縫隙觀察房內的動靜。

「怎麼了？」羅宇龍看著面色慘白的劉敬明。

「裡面……真的有人自殺！」劉敬明細聲喊道。

「所以真的有人死在裡面？」羅宇龍追問。

劉敬明點了點頭。

「怎麼死的？」

「看起來應該是切腹自殺。」劉敬明眼睛睜得老大，「那舌頭像是白無常般吐了好長一截出來，只差沒碰到地板上。」

「該不會就是這家人的獨生子吧。」羅宇龍推測。

「應該是。」

「那除了這個死者以外，還有其他人在房間裡面嗎？」

「沒有了。」深怕自己看錯，劉敬明又再三確認。

「我先回報長官。」羅宇龍透過手機回傳訊息。

在確認房間裡面只有死者一人，並且長官同意後，兩人約好倒數三聲，接著破門而入。

砰！

一陣煙硝味散去。

異樣的紅色燈光映照在兩人臉上，讓羅宇龍忍不住瞇起眼睛來。

房間所散發出來的氣氛十分詭異，正對門口的窗戶，被一大堆符咒貼得密不透風，連半點光線都進不來，而天花板及牆壁周遭，則布滿了許多散發刺眼紅色光線的擺設，整體看起來，像極了過去港片所看到的茅山道術。

儘管當了十年刑警，偵辦過各式各樣大大小小、稀奇古怪的案件，也看過各種包含走私緝毒及街頭槍戰等大場面，但這樣古怪的景象，羅宇龍還是第一次碰到。

雖然不是個迷信的人，但一股異樣的感覺仍不自覺從羅宇龍的心中冒出，那種感覺有點難以形容，但總之就是一種很不舒服的感受。

「這什麼東西，怎麼寢室搞到看起來像個祭壇似的。」強忍住心中的不安與困惑，羅宇龍握緊手槍，和劉敬明一起緩步走進房內。

寢室進門往右轉，會看到一張靠牆的單人彈簧床，床上跪著的，是一具拿西瓜刀切腹自殺的血淋淋屍體，而原本灰白色的床鋪，也因此沾滿了大片鮮紅色的血跡。

從屍體的狀況看來，此人已死去一段時間，他的肚子整個被西瓜刀攪爛，像寄生蟲般蜿蜒曲折的腸子，混雜著腸水及屎水流瀉滿地，並發出陣陣腥臭味。

儘管見多識廣，但看到這幅畫面，羅宇龍還是忍不住跑到房門外吐了一遍。

幾分鐘後，學弟彥辰跟坤霖也趕到現場，並說法醫及鑑識人員很快就會來到現場。

羅宇龍用面紙擦擦嘴巴，向兩位學弟概述了一下自己所看到的狀況。

「等會你們自己看看吧，不過先要有個心理準備，不然看到屍體，包準你們把吃過的午餐吐滿地。」

「好的學長，我們做好心理準備了。」說完，彥辰跟坤霖挺起胸膛走進房內。

不到十秒，兩人摀著嘴巴跑出房門，一絲絲黏稠混濁的「勾芡」，從他們手掌邊緣滲透出來。

「嗚啊！」兩人蹲在地上狂吐。

「抱歉學長……噁……我們兩個今天午餐吃太飽……嗚啊！」彥辰邊說邊吐。

「好了好了，你們慢慢吐，吐完了去其他地方搜查一下，至於這房間，就由我跟敬明學長負責吧。」羅宇龍滿臉無奈。

「是……學長……噁……」兩人依舊吐個不停。

就在羅宇龍把專注力從兩人身上移開時，他突然注意到一件事——

他的老搭檔不見了。

那個喜歡混水摸魚，遇到重責大任就會閃躲飄的老搭檔。

滿腹狐疑的羅宇龍不禁納悶了起來，很快地，他從眼角餘光瞄到房間裡面有個酷似劉敬明的身影。

羅宇龍戰戰兢兢重回這個讓人作嘔的房間，那死者自殺的慘狀，讓他的眼神忍不住想迴避，畢竟論誰也不想再多看那些破爛的腸子幾眼，他快步走到劉敬明的身後，用力拍了一下對方的肩膀。

「你在發什麼呆？」

被羅宇龍這麼一拍，劉敬明像是從夢中驚醒般回過神來。

「沒事。」劉敬明眼神閃爍。

「我看我們把書桌及收納櫃的東西都翻出來，看哪些東西比較可疑的，就先帶回警局當證物。」羅宇龍提議。

「嗯。」

說完，兩人開始翻箱倒櫃搜索起來。

幾分鐘後，法醫老莫及鑑識人員小光也趕到現場。

「哇，這房間怎麼搞的，活像是個宗教法壇。」小光在房間裡面走走看看。

走到自殺的死者面前，年長的老莫皺起眉頭來。
「怎麼了，老莫？」羅宇龍看著身邊這個經驗豐富的法醫。
「這具屍體……很不尋常。」端詳了死者一會，老莫緩緩吐出這句話。
「什麼意思？」
「有沒有看到這人的肚子被攪爛了？」老莫像是緝凶犬到處聞嗅般，湊到發爛的軀體前面凝視著。
「嗯嗯，當然有。」
「一般來說，切腹自殺的人，在刀子捅入肚子的瞬間，就會感受到極度的痛楚，那痛苦的程度，可能會讓自己連刀都快握不穩。」提了提眼鏡，老莫又繼續說下去：「但你看這具屍體，這人像是沒有痛覺般，在刀子捅入肚子後，還讓刀子持續在肚子裡面瘋狂翻滾攪動，攪到連大腸小腸都一起扯出來。」
「會不會是因為在自殺的當下，這人已經發瘋了？」羅宇龍看著老莫。
「就算是瘋子也會感到痛。」老莫笑了笑。
「那不然……你覺得是什麼？」
「我覺得是有一股特殊的力量，冥冥中在操弄這一切。」說到這裡，老莫露出意味深長的表情。

羅宇龍笑了，但沒有接話。

「宇龍，我跟你認識很多年了，我知道你的個性向來比較鐵齒，但這世上有些事情，是無法單純用科學解釋的。」老莫看著羅宇龍。

就在兩人對話的時候，彥辰跑了進來。

「怎麼了？」羅宇龍問。

「我跟坤霖搜索另一個房間，發現抽屜裡面有很多監視器的備份光碟。」

「監視器？」羅宇龍揚起眉毛。

「對，剛剛我們稍微打開來看了一下，裡面都是這屋子的錄影畫面。」

「那這樣看來，這個房子被裝了監視器。」羅宇龍推敲。

「我們在抽屜裡面，有找到這些監視器的購買紀錄。」

「先把這些東西都保留帶回警局。另外，現有的監視器畫面也一併備份保存帶走。」

「是。」

「除了這些以外，還有發現什麼東西嗎？」

「還有一個通訊錄，感覺看起來像是一座宮廟的地址。」

「好，也把這個東西保留帶回警局。」

「是。」

經過全屋子地毯式的搜索，羅宇龍找到了幾個比較關鍵的證物，也大致明白這屋子成員的身分及背景。

就如警衛所說，這屋子共住有三個人，分別是父母親跟兒子。

最後一個房間裡面切腹自殺的死者，是獨生子叫做謝冠勳，今年26歲，從事餐飲業工作，至於第二個房間裡面的兩具屍體，是謝冠勳的父母親。父親叫謝政明，66歲，幾年前剛從公家機關退休；母親叫駱玉芬，56歲，近幾年因為身體不好，所以多半臥病在床。

謝政明跟駱玉芬在經過指紋比對後，確認全身上下有謝冠勳的指紋，目前初步訪談周遭鄰居及親友，只知道謝冠勳有想開店創業的打算，但也因此和父母親產生意見上的不合，雖然說這是行兇的動機之一，但這樣的動機似乎不足以強烈到會想殺死自己父母親的程度。另外一個可能性是謝冠勳有精神病，因為根據多個證人的說法，謝冠勳從去年開始就出現一連串怪異的舉動，周遭鄰居也多次聽到屋內傳出自言自語或頭殼撞牆的奇怪聲音。

至於證物方面，首先是監視器，這監視器當然不是管委會設置，而是謝政明私下購買並偷偷安裝在屋子周遭的，如果羅宇龍猜得沒錯的話，應該是因為謝冠動開始出現怪異的行為後，謝政明一方面為了觀察兒子怪異的舉動，另一方面也是為了自保並留下證據，所以才從外頭購買了這些器材，只可惜謝政明雖然有這樣的先見之明，但最後仍在無預警的情況下，慘遭親生兒子的毒手。

再來是彥辰找到的宮廟通訊錄，通訊錄上面有名稱、地址跟電話，為了避免打草驚蛇，羅宇龍決定暫時不聯絡這間宮廟，但先通報給上級長官知道。

除了這兩個重要的證據以外，搜索當天也從謝冠動的房間裡面，找到了一堆祭祀用品，例如符咒、符水、香、蠟燭等等，根據附近鄰居的說法，謝冠動原本不是個迷信的人，但自從某段時間開始，整個人就變得怪裡怪氣的，常常看到他雙眼無神，像個遊魂一樣在社區走來走去，房間窗戶也貼滿了大大小小，不知從哪裡來的符咒。

針對謝冠動劇烈的變化，有人說他遇到「髒東西」，也有人說他得罪人被下了符咒，還有人說他中了邪，儘管眾說紛紜，但這些都只是街坊鄰居的憑空猜測，並沒有人真的有證據證明這些事情。

羅宇龍是個講求科學證據辦案的人，諸如遇到「髒東西」、下咒、中邪這些鄉野奇譚，對他來說都是怪力亂神，完全不足以採信。

經過一連串的訪談，他決定先把謝冠勳列為這起命案的重大嫌疑犯，同時為了避免有其他漏掉的共犯，或是還沒查到的案外案，他也把這間宮廟列為事後重點追查的對象。

05

夜半時分，羅宇龍在自家臥房裡面，看著謝家監視器所錄下的監視器影片。因為影片太多太長，羅宇龍跳過前面的紀錄，直接來到案發當天凌晨的畫面。

從畫面裡可以看到，謝冠勳從床上爬起，接著開始像瘋子一樣喃喃自語，一邊喃喃自語還一邊比出怪怪的手勢，然後，他走出了房間。

看到這裡，羅宇龍趕緊開啟錄下第二個房間畫面的檔案，快轉到接續的時間。

謝冠勳走進了房間，並走向了熟睡中的父母親，沒多久，他的父親察覺到了異狀，但還來不及做出適當的反應，謝冠勳就已經針對他展開猛烈的攻擊。隨後，兩人進行激烈的扭打，然而已經60多歲的父親，根本不是年輕力壯的兒子的對手，在接下來十多分鐘內，羅宇龍看到謝冠勳像是瘋魔般暴打自己的父親，那畫面看起來真的是讓人觸目驚心。

羅宇龍不禁回想起那天在命案現場看到的屍體，扭曲變形的面孔、快從眼窩裡暴突出來的眼珠子、死者鼻孔的鮮血、全身從上到下的傷痕……等等，一切的一切，到此都說得通了！

過程中，駱玉芬雖然被驚醒，但體弱多病、行動不便的她，只能眼睜睜看著自己的丈夫被親生兒子打死，但她卻無法阻止這一切。接著，謝冠勳帶著兇惡的面孔走向了她……

看完整個行兇過程，羅宇龍將畫面定格，之後幾天他花了點時間，將完整的行兇紀錄剪輯成一個獨立的影片，儲存到隨身碟裡面。

這天一早，羅宇龍趕著上班，因為他要把剪輯好的影片播放給警局同仁看，並把相關資料呈交給長官宋興邦。

「借過借過～不好意思借過～」不知為何，今天一到警局，羅宇龍發現一堆同事像是馬戲團看戲般，聚集在警局大門口外面不肯散去。

「怎麼了？」羅宇龍隨口問了同樣好奇圍觀的同事小成。

「我們警局出了個奇人。」

「奇人？」

「你自己看囉。」小成使了個眼色。

羅宇龍入內仔細一看，原來是一個身材矮胖的男子雙手合十跪在地上，他的面前有一隻死去的黑貓，從貓的外觀及狀態看起來，似乎才剛死去沒多久。

盯著這隻黑貓一會，羅宇龍突然有種似曾相識的感覺。

這不就是那天在謝家儲藏室遇到的那種曼德勒黑貓嗎？

儘管外型高度相似，但羅宇龍並無法確認這是否是同一隻黑貓。

再說，謝家距離警局有好幾公里遠，無緣無故的，那隻黑貓又怎會跑到一個陌生的地方呢？

想到這裡，羅宇龍就覺得自己的猜測有點荒謬。

就在種種疑惑布滿羅宇龍的腦中時，男子又開始了怪異的動作。

「你在幹嘛？」羅宇龍走到這名男子身邊。

「幫死貓超渡。」停下喃喃自語，男子抬頭看著羅宇龍。

「先生，這裡是警局，不是法會現場，這裡不是給你拿來超渡的地方。」對於男子脫序的行為，羅宇龍覺得好氣又好笑。

「你有聽說過動物靈嗎？」男子突然拋出的這個問題，讓羅宇龍一時之間不知該怎麼回話。

「有啊，怎麼了？」

「這隻黑貓死在這裡，如果現在不幫它超渡的話，貓靈形成的怨氣無法化解，會給周遭帶來不好的運勢。」男子表情認真。

「那好，你慢慢超渡，我就不打擾你了。」說完，無可奈何的羅宇龍離開現場。

「那個來支援的新同事你看到了吧？」進到警局裡面，隔壁部門的同事阿泰問道。

「新同事？」羅宇龍一頭霧水。

「剛剛在門口幫死貓超渡的那位。」阿泰看向大門。

「他也是警察？」羅宇龍下巴差點沒掉下來。

「對，他就是前陣子老大說的，別的分局會調來支援的人力。」

「沒想到居然是他。」

對於這個新夥伴的加入，羅宇龍總覺得未來會有一些新的化學效應在警局內產生，儘管他無法肯定這究竟是福還是禍。

06

這個案子因為有室內監視器的幫忙，可說是鐵證如山，但因為兇手已經自殺，所以也沒有後續的審問過程。

辦公室內，羅宇龍和長官宋興邦隔著長桌面對面開會。

「這案子到這裡應該差不多了。」宋興邦翻閱羅宇龍上呈的資料。

「雖然兇手已經自殺了，但那個宮廟……我總覺得可以再去查一下，或許會有其他新的發現。」羅宇龍向宋興邦提議。

「兇手都死了，你還想查什麼？」宋興邦瞄了羅宇龍一眼。

「謝冠勳跟許克華的案子，我總覺得有種莫名的巧合，彷彿這些案子的背後，有個神祕的組織導致了這一連串悲劇的發生。」羅宇龍誠實說出自己內心的想法。

宋興邦是個多一事不如少一事的人，對於羅宇龍凡事喜歡節外生枝的做事風格，他向來就有點不以為然，但當下也不想直接打槍下屬，因此便隨口回道：「好吧，那不然你近期就找個時間，穿便衣喬裝成一般民眾過去看看吧。」

「這次任務也是我跟敬明搭檔？」

「不，敬明這陣子請假，會暫時離開工作崗位一陣子。」宋興邦靠在椅背上。

「所以我一個人過去？」

「最近有個外縣市調來支援的新夥伴加入我們，我介紹給你認識認識。」宋興邦拿起桌上的話筒打了通電話。

聽宋興邦這麼說，羅宇龍突然想到前幾天在警局門口幫死貓超渡的那個男子……

扣扣扣，在幾聲敲門聲後，一個熟悉的臉孔走進長官辦公室。

果然……這人就是那天在警局門口幫死貓超渡的奇葩。

男子剛坐下，宋興邦就介紹道：「這是剛加入我們的新夥伴，叫做王大同，在敬明請假的這段期間，他會跟你一起搭檔執行任務。」

王大同，這名字還真是好唸又好記。

為了避免失禮，羅宇龍也向對方自我介紹，並簡單說明了這件案子的概況，在聽完羅宇龍對案情的描述後，王大同陷入了一片沉思當中。

「怎麼了，你有什麼想法嗎？」羅宇龍看著王大同。

「我對於一個正常的人類，能夠把刀子插入肚子裡面，東攪西攪把大腸小腸通通攪出來，途中還能不痛到暈死過去這點感到比較好奇。」王大同搔搔下巴。

「嗯，很特別的觀察角度。」王大同的形容，不禁讓羅宇龍想起了法醫老莫那天在命案現場的說法。

這時，宋興邦打斷了他們的談話，「好了，既然你們兩人有了初步的認識，這次任務就是培養你們默契的絕佳機會，你們兩個就一起混進這個宮廟組織裡面，當中如果需要支援的話，記得第一時間回報給我。」

「知道了，長官。」兩人異口同聲回答。

07

找了一個兩人都有空檔的中午，羅宇龍和王大同在會議室內開會。

在稍微討論了一下執行計畫後，羅宇龍先按照通訊錄上面的資訊，打了通電話給宮廟。

「喂。」接電話的感覺是個中年男子。

「您好，請問這裡是萬德宮嗎？」為了讓對方放下心防，在電話裡面，羅宇龍故意裝出懵懵懂懂的青澀口吻，彷彿是個涉世未深的青年。

「是，請問有什麼問題？」

「是這樣的，我朋友最近感覺運勢不順，怕是卡到陰，聽說你們這裡很靈驗，想去你們這邊拜一下。」

「請問你跟你朋友貴姓？」

「我姓羅，我朋友姓王。」

「好，你們要親自前來，還是我們派人過去看看？」

「我們親自過去就好了。」

「那你們什麼時候要過來？」

「明天下午可以嗎？」

「可以，你們到時候記得要帶幾件改運者穿過的衣服，以及幾件沒穿過的新衣服來廟裡，我給你們地址。」

隨後，對方講了一連串隱晦的地址，這些地址是由一連串的地標所組成，羅宇龍一邊聽，一邊小心翼翼地把這些資訊用筆記錄在紙上。待通話結束，他開始仔細比對，結果發現這地址和那天在謝家找到的通訊錄上面的地址一樣。

確認完畢後，羅宇龍把這資訊告訴王大同。

「連講個地址都像藏寶圖那樣東躲西藏的，感覺就不是什麼正派的宮廟。」王大同吹起了泡泡糖。

「反正，明天我們先過去看看再說，或許會有什麼意外的收穫。」

隔天，兩人一起開車前往這座宮廟，宮廟的地址位在苗栗南庄的山區，從市區開車過去大約需要一個多小時，因為位處偏僻的關係，這裡幾乎沒有看到什麼人煙。

「應該就是這裡了。」王大同看著導航地圖。

找了個空地，羅宇龍將車停好，兩人接連下車。

從遠方望去，這間萬德宮就跟尋常的廟宇一樣，並沒有什麼不同。

在進去萬德宮之前，羅宇龍跟旁邊這個新搭檔做最後的確認。

「等等我們一起進去，先熟悉一下這裡的環境，之後再靜觀其變。」

「嗯嗯。」

「然後記得！因為你是卡到陰的那個，所以記得要假裝腦袋昏昏沉沉的樣子，至於一些問答跟對話，就主要由我來進行，不然到時候穿幫可就糟了。」

「這樣嗎？」王大同露出頭暈目眩、身體搖搖晃晃的樣子。

「可以了～可以了～」對於自己多了個愛耍寶的新同事，羅宇龍覺得有點好氣又好笑。

在事先套好招後，兩人齊步往萬德宮門口走去。

可能是因為平日的關係，兩人來到門口時，發現除了廟方人員外，裡面只有稀稀落落的信眾。

「你們是？」一個看起來像是女道士的中年婦人走了過來。

「我是昨天打電話過來問的羅先生，我朋友最近好像卡到陰，所以才陪他一起過來看看。」羅宇龍開門見山解釋。

那個像是女道士的婦人看了王大同幾眼，說：「師公現在在忙，你們要等一下。」

「好的。」羅宇龍和王大同互相使了個眼色。

這人帶兩人走進正殿，在等候的空檔，羅宇龍環顧四周。

裡面的幹部幾乎清一色是女性，從10多歲到50、60多歲都有，唯一例外的是一個同樣穿著白色道袍、看起來約莫50多歲的中年男子，他主動走過來和兩人攀談。

「你好。」男子向兩人行拱手禮。

「你好。」羅宇龍也點頭回敬。

「你們是第一次來嗎？」男子試探性問道。

「是啊，有聽說你們還蠻靈驗的，所以想說過來看看。」

男子笑了笑，回答：「我是這裡的住持，叫聖文，剛剛和你們說話的那位是我老婆，叫淑惠。」

「喔喔。」

「你是昨天打電話過來的那位先生嗎？」住持看著羅宇龍。

「對，我就是羅先生。」羅宇龍拍了拍王大同的肩膀，「這位就是我說的卡到陰的朋友。」

在旁的王大同，依舊十分稱職地持續擺出兩眼無神、精神渙散的模樣。

「嗯。」住持眼神直直盯著王大同不放，「你們要等一會，等師公處理完上一個信徒，就會幫你們看看。」

「好的。」

「你們先在這裡休息吧，不然一直站著也很累。」住持招呼兩人到角落長桌休息。

待兩人坐好，住持問道：「你們今年幾歲啊？」他看著兩人。

「我今年實歲35，我朋友30。」羅宇龍回答。

住持掐指一算，說：「那你們一個屬蛇、一個屬狗。」

「嗯，對。」羅宇龍連忙點頭。

「你朋友今年犯太歲，容易遇到不乾淨的東西，你們回想一下，這段日子有沒有去過什麼荒郊野外或是陰氣比較重的地方？」

「這個啊……」羅宇龍急中生智，回答：「好像是自從去過仙女瀑布之後，人就變得怪怪的。」

「嗚嗚……啊啊……」王大同擺出鬥雞眼的表情。

「你看，就是類似這樣。」羅宇龍面帶歉意看著住持。

「嗯，瀑布是比較容易聚陰的地方，可能是你朋友又恰逢犯太歲，所以才因此卡到陰。」住持推測。

「那有勞師父幫忙了！」羅宇龍連連點頭。

「對了，你們是做什麼工作的？」住持那犀利的眼神又掃視兩人一遍。

「喔，我們是賣吃的，路邊攤那種。」羅宇龍按照預定的答案回覆，這是他和王大同經過討論後決定的，這回答最大的好處就是不容易被肉搜。

「嗯嗯，那我明白了。」住持將羅宇龍說的話，仔細地記載在本子上。

「等等請師公作法的時候，會需要小三牲、菜飯之類的供品，以及祭改要用的替身。如果你們沒準備的話，我們這邊有現成的，三千塊幫你們辦到好，看你們需不需要？」

「喔……」羅宇龍假裝想了想。

「如果需要的話，現在繳清，我這邊就幫你們準備。」住持看著兩人。

「嗯……可以。」羅宇龍一邊點頭，一邊從口袋掏出千元大鈔。

「另外，祭改的費用另計，這個之後會再跟你們算。」

「大概是多少呢？」羅宇龍問。

「一般差不多五千塊。」

「嗯嗯，好的，麻煩師父了。」

「好，那就先這樣，我有事先忙。你們在這裡休息一會，等師公忙完上一個信眾，就會請你們進去看看。」

住持離開後，羅宇龍終於鬆了口氣，從剛才互動的過程，他總覺得這住持是個狠角色。

等了約莫半個小時，那個叫做淑惠的女道士，從不遠處走過來帶兩人進去。

「等等師公問什麼，你們就照實回答，知道嗎？」淑惠瞄了兩人一眼。

「知道了。」羅宇龍點頭。

三人穿過正殿大廳往最後方走去，走到底除了神明牌位外，還有左右兩個小門。

在準備通過小門的時候，裡面剛好有對看起來像是母女的人走了出來，在短暫眼神交會的瞬間，羅宇龍端詳了這兩個女子一會。

那個看起來比較年長、感覺像是母親的女人，外貌及打扮就像是一般的家庭主婦那樣，而那個比較年輕的女性，看起來則很像是個高中生，她的面色蒼白、步伐無力，整體來說全身上下都散發出虛弱的感覺。

就在擦肩而過的時候，那個比較年輕的女生突然身子不穩，露出要暈倒的模樣，還好那個比較年長的女人反應算快，及時伸手將她接住。

「師父，剛剛不是已經喝了符水了，怎麼還會這樣？」年長的女人緊張地看著淑惠。

「雖然師公幫你女兒驅走了前世糾纏的嬰靈，但她的元神已經受到陰氣的侵襲，需要在這裡休養一段時間才能復原。」淑惠煞有其事地回答。

「那怎麼辦？」母親手足無措起來。

「先扶她到側房休息。」淑惠吩咐站在附近的兩個年輕女道士。

那兩個年輕女道士聽聞後，快步向前攙扶年輕女子，並引領這兩人從側門出去。

為了不讓廟方人員起疑，羅宇龍只用餘光瞄了這些人的去路幾眼，接著便跟著淑惠走進小門。

穿過小門，羅宇龍才明白原來小門會通往一個封閉的房間。

一進密房，偏暗的紅色光線便照得羅宇龍很不舒服，面對他們的，是一個年紀約莫50多歲的成年男子。這人的打扮就如同一般民間信仰裡面所認知的紅頭法師那樣，頭綁紅布巾，身穿紅色調為主、黑黃色條為輔的道袍，他坐在椅子上，表情嚴肅地看著兩人。

「師公，這就是剛剛聖文跟你通報的羅先生和王先生。」淑惠向師公行禮。

師公莊嚴地點了點頭，接著他看向王大同，問道：「你叫什麼名？」

「王大同。」王大同裝出氣若游絲的口吻。

「你今年幾歲？」

「今年30。」

「報上你的生辰八字。」

「西元一九八二年五月二十三日，3時12分。」

聽完王大同報上的資料，師公拿紙筆算了算，越算面色越是沉重。

「師父，怎麼了嗎？」羅宇龍在旁問道。

沉思了一會，師公緩緩說道：「他今年犯太歲，在外面招惹到了不乾淨的東西。」

「那怎麼辦？」

「淑惠，先給他符水喝下。」

「是。」淑惠從旁邊的木桌端出一個裝水的陶瓷碗，並將一張符咒放進這個碗內。

王大同也不囉嗦，張口就將碗裡面的符水喝下。

「感覺有好一點了嗎？」師公看著王大同。

「好像……飄飄然……快升天了。」王大同眼神茫然。

見王大同狀況有些微好轉，師公鐵口直斷說道：「你現在背後跟了三個好兄弟，所以需要拿你穿過的衣服來做祭改。」

聽師公這麼說，羅宇龍趕緊將事先準備好的衣服奉上。

只見師公開始作法，除了嘴裡唸唸有詞外，還一邊將羅宇龍奉上的衣服燒掉。

在師公作法的時候，羅宇龍注意到在一旁的王大同，依舊如同喝醉酒般，露出神情渙散的樣子。

「之前有請你們準備沒穿過的新衣服，有帶來嗎？」淑惠在旁問道。

「有。」羅宇龍從包包裡面拿出新衣服。

淑惠接過新衣服，拿起廟方的紅印章蓋上。

隨後，師公又作法了一陣子，也不知過了多久，他才終於停了下來。

「師父……這樣是好了嗎？」羅宇龍試探性詢問。

「還沒。」師公面色凝重回答：「事情沒那麼簡單。」

「出了什麼事嗎？」

「雖然剛剛把三個好兄弟驅走，但是在作法的過程中，我發現他的體內還有一個女鬼。」

「所以還有女鬼纏身？」

「嗯，恐怕是他出遊的時候有經過陰廟之類的地方，才會被當地的女鬼跟上。」

「怎麼會這樣？」

「你看看你朋友，覺得他現在的狀況怎樣？」師公朝王大同身上撇了一眼。

「感覺像是剛起乩完。」見王大同入戲的模樣，羅宇龍覺得這個新夥伴的演技還真是出神入化，根本就是被警察耽誤的金馬獎影帝。

「對，雖然那三個好兄弟已經被請走了，但那女鬼還附身在你朋友體內，消耗他的元神跟能量。久而久之，你朋友的身體會越來越虛弱。」

「大師，請你一定要救救我朋友！」

「放心，我一定會處理的。」師公一臉鎮定，繼續說下去：「要解決這事情不是一蹴可及，目前你朋友身體虛弱需要休息，這女鬼等下次我們再來處理。」

「這樣啊。」

「師公最近比較忙，下次要半個月後了。」在一旁的淑惠解釋。

「那下次事情就能解決了嗎？」

「過去處理這種卡到陰的事情，我們還沒失手過，但需要幾次就沒辦法保證，要視每個人的劫數及造化而定。」淑惠煞有其事地回答。

聽完淑惠的說法，羅宇龍當下不動聲色，跟師公道謝完，他扶著王大同離開密房。

回到正殿時，淑惠告知這次祭改的費用，萬德宮一次祭改的費用不便宜，要五千塊。

「那下次的時間什麼時候可以確定呢？」從口袋掏出五張千鈔的時候，羅宇龍問淑惠。

「先暫定這個月最後一天下午，你們留一下聯絡電話，如果臨時有更動的話，我會再通知你們。」

走回原本的停車處，王大同依舊精神恍惚的模樣。

「好了，這裡沒人了，不用演了啦。」羅宇龍拍拍王大同的肩膀。

「不是……我是真的覺得怪怪的……」王大同手按著頭，露出不舒服的表情。

「怎麼了？」羅宇龍看著王大同。

「頭暈、疲倦、噁心、想吐。」王大同滿臉不安。

「怎麼會這樣？我以為你剛剛是演的。」

「沒有，是真的。」王大同喃喃說著：「那個符水……有問題。」

「符水？」羅宇龍想起剛剛在祭改的時候，王大同喝下淑惠端出的符水。

「要不我們先下山，到醫院檢查看看？」

在王大同點頭同意後，羅宇龍火速開車下山。

回到市區，經過醫院初步檢查，王大同喝下的符水裡面，居然摻有少量的毒品。

「原來他們在符水裡面摻了毒品，難怪我喝下後覺得身體飄飄然的，一種說不上來的怪異。」躺在病床上的王大同回憶。

「你還記得我們準備進密房的時候，有碰到一對母女嗎？」

「嗯嗯。」

「我親耳聽到比較年長的那個女子，對淑惠說她女兒也喝了符水。」

「我也有聽到，看來她女兒不妙了。」

「我目前的推估是……這宮廟利用毒品來控制信眾，當信眾來廟裡時，他們就把摻了毒品的符水拿給信眾喝，藉此讓信眾上癮，進而達到控制對方的目的。儘管在喝了符水後，人會覺得飄飄然的，像是升天那樣，但他們可以透過話術包裝來掩蓋這些破綻。」

「嗯，你跟我想的差不多。」

「你現在人還不太舒服，就先待在這裡休息吧，我今晚先回萬德宮看看。」

「你想幹嘛？」

「那對母女跟著廟方人員從側門出去，我去看看她們發生了什麼事。」

步出醫院大門，羅宇龍驅車前往萬德宮。

08

從萬德宮正殿的側門口出去是一條小徑，小徑可以通往休息用的後耳房。耳房裡，宋嬿珍一個人躺在床上休息，她的腦袋沉甸甸的，身體則連半點力氣都使不上。

父親是個風流成性的男人，從宋嬿珍小時候就常常在外頭拈花惹草，也因為這樣的緣故，父母親三天兩頭就會吵架。直到這幾年，父親更是大剌剌在外面包養小三，這讓母親周心蓮傷心欲絕，也是從這時候開始，母親逐漸接觸宗教信仰，起初只是偶爾參加聚會，到了後來，幾乎三不五時往廟裡跑，彷彿這個地方成了她精神方面的寄託。

在母親的帶領下，約莫一年多前，兩人一起來到萬德宮，原本以為這只是普通的宗教聚會，卻沒想到成了她揮之不去的夢魘。

那是在今年寒假，母親帶著宋嫣珍到萬德宮長住，目的是要藉由靈修來驅趕體內不好的東西。在這段長達一個禮拜的時間內，宋嫣珍和母親完全分離，除了白天活動分開進行外，就連晚上睡覺也是自己單獨一間，涉世未深的她，原以為這是廟方善意的安排，卻沒想到就在其中一個下雨的夜晚，她在用完晚飯回到居處休息時，開始感到頭暈目眩起來，全身無力的她，只能虛弱地躺在床上休息，想藉此讓自己的狀況好轉。就在宋嫣珍昏昏沉沉躺在床上，腦中的意識也越來越模糊的時候，師公吳福泰摸黑進入了她的房間……

從那天開始，宋嫣珍就成了吳福泰的洩慾工具。

每當母親帶著宋嫣珍來到廟裡參拜，吳福泰總能找到機會對她毛手毛腳，例如假借改運之名，要求宋嫣珍全身脫光給他檢查乳房，或是宣稱母女兩人未來會有血光之災，所以需要喝下摻了吳福泰精液及陰毛的符水來避禍等等。

而這次呢？

吳福泰又掰了一個理由說宋嫣珍被嬰靈纏上，早就已經對吳福泰深信不疑的周心蓮，絲毫不知道這些說法都只是吳福泰為了滿足自身性慾而隨便掰出來的理由罷了。

就在回想的時候，宋嬿珍聽到房門打開又關上的聲音，一個熟悉的身影緩步走了進來。

是面帶猥褻的吳福泰，他將自己的上衣及長褲脫去，滿臉燦笑來到宋嬿珍身邊。

此時吳福泰心中所想的，都是會讓他產生無比快感的畫面。

搭一聲，吳福泰上了床，全身無力的宋嬿珍，根本無法抵抗眼前這人的獸行。

在精神恍惚下，宋嬿珍感到自己胸口的衣服被粗暴地扯開，雪白的美乳如同誘餌般上下晃動著，看得吳福泰是血脈噴張、口水直流，他邊搓揉宋嬿珍的右乳，邊發出嘿嘿嘿的笑聲。

「不……不要。」宋嬿珍痛苦地閉上眼睛。

「怎麼會不想要？妳不是最喜歡這檔事嗎？」吳福泰發出淫蕩的笑聲。

「我今天那個來了，沒辦法……」宋嬿珍的聲音很輕、很柔弱。

這些哀求及嗚咽聲並沒有嚇阻吳福泰禽獸般的舉止，反而讓他更為興奮。

「不行，就算月經來了也要做。」吳福泰以權威般的口吻回答：「今天不只要做，還要射在裡面。」

「不……」

吳福泰用變態的表情吐了吐舌頭，接著，他以泰山壓頂之姿壓在宋嫵珍瘦弱的身體上，宋嫵珍原本已經被扯開的遮蔽物，此時像是剝橘子皮般一件件遭到粗魯地脫去。到了最後，只剩下神祕的三角地帶。

宋嫵珍感到對方臭氣熏天的嘴巴靠近了自己，儘管千百個不願意，那張臭嘴仍像是甩不掉的橡皮圖章，緊緊地覆蓋在自己的雙唇上。

宋嫵珍的軟弱更助長了吳福泰的氣焰，他靈活的長舌彷彿是科幻片裡面的異形怪物那樣長驅直入，並在對方的嘴裡囂張地伸展，除了讓人極度不舒服的舌頭外，溼答答的唾液也充滿了一股說不上來的魚腥味。一切的一切，都讓宋嫵珍感到無比噁心、想吐。

儘管途中曾經有過掙扎，但這些反抗除了遭到吳福泰的蠻力壓制外，還多挨了好幾巴掌。

滿滿的絕望，讓宋嫵珍的反抗意志又更為薄弱了。

隨著最後一道防線也遭到吳福泰扯去，對宋嫵珍來說，那最深層的恐懼終於來了。

頭昏腦脹的她，只希望一切的苦痛能夠趕快結束。

吳福泰不疾不徐地脫去自己身上的四角褲，將四角褲丟到一旁的牆角去，就在他雙手分開宋嫵珍纖細白皙的長腿，並準備蓄勢待發挺進的時刻……

砰！

「不要動！警察！」

一聲巨響伴隨著嚇阻聲傳來，羅宇龍持著警槍破門而入。

吳福泰原本充血的陽物，頓時嚇到軟掉。

就在吳福泰手忙腳亂穿回內褲的時候，大門已早先一步被經驗豐富的羅宇龍給硬生生堵上。

在罪證確鑿且無處可逃的情況下，吳福泰只能手足無措地選擇投降。

羅宇龍以迅雷不及掩耳之姿，將吳福泰按在牆上並銬上手銬。

不到一分鐘的時間，同事彥辰及坤霖也進到屋內幫忙。

事後，警方除了逮捕廟裡相關幹部外，還在萬德宮內展開大規模的盤查，最終在地下室倉庫查到了一堆走私的毒品。

09

「跟我沒關係啊……」深夜警局的偵訊室裡，吳福泰面色蒼白地辯解。

「你先說，你認不認識照片裡面的這個人？」羅宇龍手比著相片裡面的謝冠勳。

「不認識。」

「真的不認識？」羅宇龍提高語氣。

「真的。」吳福泰眼神閃爍了幾下。

「那為什麼在謝政明的房間內，會搜到你們宮廟的通訊錄？」羅宇龍將宮廟通訊錄丟到桌上。

見到那本通訊錄，吳福泰臉色大變。

「如果你不肯配合調查的話，之後法院審判的時候，你的罪刑只會更重。」

羅宇龍試著瓦解吳福泰的心防。

經過一段時間的考慮，吳福泰終於緩緩開口：「是謝政明要我幫忙的。」

「幫什麼忙？」羅宇龍追問。

「他說家裡出了一些事情，希望我們幫他。」

「這是什麼時候發生的事？」羅宇龍看著吳福泰。

「差不多三個月前。」吳福泰的口氣不是很確定。

聽吳福泰這麼說，羅宇龍回想起之前訪談時，鄰居及周遭親友說謝冠勳是從去年開始就怪怪的，這當中存在不小的時間差。

如此推敲起來，吳福泰的神棍行為，應該不是謝冠勳發瘋的起因。

儘管如此，羅宇龍仍不想放過任何一個可以查案的對象，於是又問：「他有說家裡出了什麼事嗎？」

「就……他說他兒子好像中邪了。」

「所以他就來到萬德宮，希望你們幫他？」

吳福泰點頭。

「那你怎麼幫他？」

被羅宇龍這麼一問，吳福泰面色鐵青。

「你就用一貫的手法，從他們身上騙取錢財，是嗎？」

在重複不斷逼問下，吳福泰終於點頭承認。

「那他們有提到兒子為什麼發瘋嗎？」

「沒有……這我就真的不知道……」

眼見持續逼問也無法從吳福泰口中再獲得更多的線索，羅宇龍只好先停止偵訊。

儘管謝冠勳發瘋的精確時間點已經難以追溯，但從謝家監視器的購買紀錄是去年十月十三號，可以得知早在去年十月，謝冠勳就已經出現怪異的舉動，否則他父親也不會特地跑去買監視器。

至於謝政明求助吳福泰的時間點，如果就吳福泰的證詞來推算，約莫是在今年三月份，雖然後來交叉訊問廟方其他幹部，所得到的時間點也差不多是如此，但光憑這點並無法讓羅宇龍充分採信。對於這件事，羅宇龍決定請專家解鎖吳福泰手機的通訊紀錄，結果從通訊軟體上面的對話內容來判斷，的確兩人搭上線的時間點和吳福泰的說詞大致相符。

另一方面，走私毒品的來源，經查是來自於南部的某個角頭，目前這個角頭已經列入當地分局強力掃蕩的對象。

在偵訊審問完後，吳福泰跟廟內幹部以詐欺、強制猥褻等罪名移送法院審理。

事情到這裡暫時告一段落，雖然這案子停在這裡好像也沒有什麼不好，但羅宇龍總覺得心中有種莫名的不踏實感。

遇到事情得過且過、貪生怕死或者欺善怕惡……這些都不符合羅宇龍的個性，打從警校唸書的時候開始，他就立志要跟因公殉職的父親一樣，當一個負責任的好警察。

這個堅持以前是，現在是，以後也會是。

10

隔天回到醫院探視時，王大同的氣色已經好了不少，為了感謝王大同在這件案子的犧牲，羅宇龍邀了這個新夥伴一起去吃消夜。

在郊區的一間居酒屋裡面，羅宇龍把最近接手的案子拿出來和王大同討論。

「你覺得謝冠勳跟許克華的案子，這兩者有許多不謀而合的地方？」王大同看著裝啤酒的玻璃杯。

「對，首先，兩人都是精神異常殺了自己的家人。其次，這兩個案件都和吸毒或販毒有關。」

「所以從這些巧合，你推估出了什麼樣的結果？」王大同轉頭看著羅宇龍。

「我覺得這背後可能有個龐大的組織在操弄這一切，而這可能牽扯到毒品的利益。」羅宇龍緩緩吐出心中的猜測。

「可是按照你查證的結果，謝冠勳發瘋的時間點，應該比謝政明求助吳福泰的時間點還要來得早，不是嗎？」

「對，我也有想到這一點，謝冠勳的案子到目前感覺有點斷頭了。」羅宇龍眉頭深鎖，「到目前為止，我找不到他跟黑道或販毒組織有任何來往的紀錄，也查不到他有吸毒的前科。」

「你有沒有想過一種可能，或許串聯這兩個案子的，並非是毒品，而是另外一種東西？」王大同認真地看著羅宇龍。

「那你覺得這東西是什麼？」

「鬼神。」

「鬼神？」羅宇龍笑了，「是什麼樣的蛛絲馬跡，讓你做出這樣的判斷？」

「直覺。」

「就憑直覺？」羅宇龍又笑了。

「嗯，聽你這樣一路敘述下來，我總覺得這背後有股未知的力量，在冥冥中操弄這一切。」王大同的說法，讓羅宇龍又想起那天老莫在命案現場說的那番話。

「不好意思，我不靠怪力亂神辦案，而是講求科學證據。」

「對我來說，求神問卜也是搜證的一種方式。」

「好好……我尊重你的風格，可是我個人不信這一套。」

羅宇龍不想跟王大同爭辯這件事，於是便把話題移轉到其他地方去。

離開居酒屋後，兩人到戶外閒聊看風景。

「聽說你槍法很準，在正常的情況下幾乎不曾失手過。」王大同看著前方美景。

「或許是吧。」羅宇龍含蓄地笑了笑，「你怎麼知道這些事情的？」

「我也納悶自己為什麼總會莫名其妙知道一些八卦消息。」王大同做了個淘氣的鬼臉。

「呵呵……你抽菸嗎？」羅宇龍把一根菸遞給王大同。

「我不抽菸。」王大同搖頭。

「聽說你只會在這裡支援一陣子。」羅宇龍點起菸來。

「如果沒什麼意外的話，應該是如此。」望著遠方朦朧的夜色，王大同又吹起了泡泡糖。

「有聽其他同事說，你被很多分局調來調去，這是真的？」羅宇龍轉頭看著王大同。

「我五年警察生涯總共調了十三間警局。」

「好像有點多。」羅宇龍尷尬起來。

「我也不想這樣，但可能很多人對我的行事作風不以為然吧，所以我有個綽號叫皮球，意思是常常被長官踢來踢去的。」

「因為你信鬼神，而且把信仰用在辦案上？」

「對。」

「你讓我想起了老人家口中說的靈探。」

「靈探。」王大同呵呵笑了幾聲，「這形容得還真貼切。」

「不過……是什麼樣的動機，讓你對信仰產生興趣？」

「或許是因為我們家族有信仰的傳統吧，我嬸嬸是當地很有名的靈媒，但我自己不學無術，只從家族學了點皮毛而已。」

「喔，這樣啊。」

「那你呢？」王大同反問，「你在這間警局待了多久？」

「我在這間分局待了十年了。」羅宇龍抽了口菸，「這是我待的第一個單位，打從進來就沒離開過。」

「其實關於你們這分局的風氣，我略有耳聞。」

「哦，你聽到了什麼？」

「在你們這裡，優秀的人才留不住，待得久的多半是混水摸魚的貨色。」

「那按照你這麼說，我不就也是混水摸魚的那個？」羅宇龍笑了笑。

「不，你是第三種，願意留下來，結果過度認真沒命的那種。」王大同把口香糖吐在包裝紙上。

11

難得準時下班的某個晚上，羅宇龍怒氣沖沖跑到廚房質問母親。

「媽，妳是不是有動我的東西？」

「什麼東西？我聽不懂。」母親放下鍋鏟，回頭看著羅宇龍。

「我放在房間角落的小紙袋，妳是不是把它拿去丟了？」羅宇龍依舊氣憤難平。

「我以為那是你不要的垃圾，所以昨天垃圾車來的時候，就順手把它拿到樓下丟了。」母親輕描淡寫地回答，彷彿不覺得這是一件很嚴重的事情。

「那裡面有我工作會用到的資料，我上面還特別打了個叉，註明『不要丟』。」羅宇龍語氣又忍不住激動起來。

「我沒看到。」母親低著頭，拿著抹布在牆角到處抹抹擦擦。

「下次要丟什麼東西之前，麻煩先問我一下好嗎？」對於已經忙了一整天的羅宇龍來說，下班還遇到這樣的事情，讓他覺得有苦難言。

母親是個愛乾淨的人，有時甚至到了潔癖的程度，看到不要的垃圾就想趕快丟掉，這已經不是一天兩天的事了，然而像今天這樣丟掉已經標註不是垃圾的重要文件，那還是第一次。

隨後，兩人又因為一些「新仇舊恨」而發生口角，諸如羅宇龍整潔方面的壞毛病、為什麼堅持一定要做警察這份工作、當警察個性太衝很容易得罪人等等，此時通通都搬上檯面來。

或許對於母親來說，她無法理解為什麼兒子要為了一份「不好的工作」忤逆自己，而對於羅宇龍來說，透過爭吵過程的爭論與對話，他覺得有些事實被母親有意無意地扭曲，這讓他越吵越心累。

吃飯時，緊繃的氣氛仍未舒緩，除了羅宇龍和母親沉默以對外，自閉症傾向的巧巧也是安靜地坐在位子上。

「這菜怎麼這麼苦？」才開動沒多久，羅宇龍就發現了異狀。

他趕緊每樣菜都夾一點試吃看看。

「番茄炒蛋跟炸豆腐……這兩樣的味道都怪怪的。」

經過反覆確認，羅宇龍發現這兩道菜好像都被加了過量的鹽。

看著母親遲疑的表情，一股異樣的感覺自羅宇龍心中產生，這讓他想起了一些事情。

週日午後，人來人往的醫院，羅宇龍和張醫生在診間外頭的走廊上談話。

「你說……我媽的病情加重了？」

「是的。」張醫生點了點頭，「其實失智症有分很多階段，前期可能只是偶爾會忘東忘西、放錯東西等等，但如果持續惡化的話，就可能會陸續產生失憶、個性改變、失眠、妄想、夜間徘徊等問題。」

看到羅宇龍眉頭深鎖，張醫生連忙安撫道：「不過羅先生你放心，就目前診斷的結果來看，你母親現在的症狀還算是極其輕微的階段。」

「那按照我母親現在的情況，還有辦法根治這個病症嗎？」

「很抱歉，沒辦法。」張醫生搖頭，「以目前的醫學技術來說，只能用藥物來延緩病情的惡化，但就跟許多慢性病的控制一樣，失智症惡化的速度因人而異，並沒有一定的規則或方法可以參考。」

「這樣啊。」聽張醫生這麼說，羅宇龍的心中彷彿被一顆沉重的大石頭壓著。

「不過羅先生，你也不用太緊張啦。」眼見羅宇龍表情嚴肅，張醫生呵呵呵笑了幾聲，試圖想透過這樣的方式來降低患者家屬的不安，「如果有服藥治療，並定期回醫院追蹤的話，通常有很高的機率可以控制住病情。」

「是這樣嗎？」

「是的。」張醫生點頭。

聽到對方這麼說，羅宇龍才稍微鬆了口氣。

「謝謝張醫生。」他點頭致謝。

在外面抽菸的時候，羅宇龍回想母親的病情。

雖然認知能力衰退是多年前就已發現的事情，但在很長一段時間裡，母親的病症並未持續惡化，至少上街買菜、煮飯、打掃這些家事並沒有困難，而當初之所以會發現這個問題，某種程度也和前妻淑敏有關。

從某個時候開始，淑敏就發現母親有時候會拿錯或放錯家裡的東西，講話也變得有點顛三倒四，婆媳兩人因為一些家務方面的事情而產生口角衝突。

除此之外，夫妻半夜恩愛的時候，淑敏也注意到母親有時會在外面走來走去，羅宇龍本來就已休假不多，而難得的親熱時刻又遭到如此打擾，這對正值青春年華的淑敏來說，是萬分掃興的一件事。

母親這些行為，讓原本就已十分脆弱的婆媳關係更為惡化，而這樣的婆媳不合，最終也成為壓垮這段婚姻的最後一根稻草。

儘管他知道這當中並沒有誰應該負起全部的責任，但離婚後，一方面自己和母親對於職業選擇的看法本就不同，另一方面也是因為這段失敗婚姻所留下的陰影，羅宇龍和母親之間變得更為生疏，常常下班回家倒頭就睡，彷彿把這個家當成旅館似的。

想到這些不開心的往事，羅宇龍又惆悵地吸了口菸。

12

隨著王大同支援的日子越久，他奇特的行為也越來越多，就好比有時候會看著牆壁自言自語，或是在辦公室座位上擺一堆平安符、經文、除穢包之類的信仰小物。

這般不尋常的行為已經引來辦公室同仁的竊竊私語，甚至有人親眼目睹他在辦公室座位底下供奉著一座關公神像，但王大同絲毫不在意旁人的異樣眼光，彷彿當這些人都不存在似的。

雖然這個新拍檔的行事風格特立獨行，但羅宇龍這段時間和他近距離共事後覺得，其實王大同做事也沒有那麼不好，他只是做事方式和一般人不太一樣而已，而且相較過去的舊拍檔敬明，王大同做事比較不會拖泥帶水或遇到問題就推卸責任，這也算是和他共事的額外優點吧。

在謝冠勳的案子向上追查陷入瓶頸之後，羅宇龍轉而往許克華的案子繼續追蹤，畢竟許克華是這兩個案子裡面唯一還在世的參與者，而且還是兇手。

夜晚，羅宇龍和王大同來到偵訊室內並肩坐下，坐在對面反手綁在椅子上的，是從看守所借提的殺人犯許克華。

「他就是許克華？」王大同看著眼前這個面如槁木的男子。

「對，他有吸毒前科，以及精神病的就醫紀錄。」

「嗯……」王大同陷入一片沉思，彷彿正在思索什麼事情。

「許克華，你認不認識照片裡面的這個人？」羅宇龍從口袋裡面掏出師公吳福泰的照片。

「不……知……道……」許克華露出死魚般的眼神。

「那這個人呢？」羅宇龍又從口袋裡面掏出住持許聖文的照片。

鬥雞眼的許克華搖搖頭，絲毫不肯透露一點口風。

「這個呢？」羅宇龍再從口袋裡面掏出游淑惠的照片。

這會許克華彷彿像是失了神般，完全沒有任何表情及反應。

「那他呢？」

就在羅宇龍拿出謝冠動在寢室內自殺的照片時，突然間——

許克華有了反應。

他神情怪異地湊到照片前面，一語不發地看著。

「你認識照片裡面的這個人？」羅宇龍一字一句，小心翼翼地說出口，期盼自己的謹慎能夠喚起許克華的回應。

許克華依舊沒有回話，他歪頭陷入一片沉思裡，彷彿正在回想著什麼事情。

「你還記得他嗎？」

「他叫謝……」

「冠……」

「啊啊啊啊啊啊啊啊啊啊啊！」

突然間，許克華整個人頭往前傾，他像是發了瘋般打斷羅宇龍的誘導，如果不是因為身體被粗繩綁在椅子上，那張抓狂的臉肯定是要撞上羅宇龍手上的照片。

雙眼布滿血絲的許克華，眼珠子整個暴突出來，彷彿照片裡面的這個人，是他累積了好幾輩子的仇人似的。

面對許克華突如其來的激烈反應，羅宇龍跟王大同下意識地從椅子上跌落在地。

「他是怎了？怎對這張照片特別有反應？」跌坐在地上的羅宇龍，忍不住多看手上的這張照片幾眼。

「依我看，這傢伙中邪了！」王大同掙扎著從地上爬起。

就在兩人起身的空檔，許克華的頭像是鐵鎚般瘋狂地撞擊木桌。

砰！砰！砰！砰！

在連續重擊幾下木桌後，額頭滿是鮮血的許克華抬起頭來。

眼見許克華做出想咬舌自盡的動作，羅宇龍連忙出聲大喊：「快阻止他！」

來不及了……

大片鮮血噴濺在所方偵訊室的長桌上。

也不知哪裡來的蠻力，已經斷舌的許克華彷彿是沒有痛覺的機器人，他先以驚人的力氣掙脫麻繩的綑綁，再用右手握住嘴裡那半截殘存的血舌舌根，用力拉扯起來。

「我要見神明……我要見神明……」血肉模糊的幾個字飄盪在整間偵訊室。

「啊！」羅宇龍和王大同齊聲大喊。

撕裂的殘舌硬生生被抽扯出來，大口大口的鮮血如噴泉般從許克華嘴裡噴湧而出，一切的一切，比街頭藝人表演吞劍還驚悚千萬倍！

「發生什麼事了？發生什麼事了？」原本在外頭留守的管理員，聽到怪聲後聞訊趕至。

「哇啊啊！」尖叫聲此起彼落著。

偵訊室裡，除了看到嚇傻的幾個人外，只剩一具倒在地上死不瞑目的屍體。

13

許克華被火化了。

火化時，王大同還特地幫他做了一場小型的法會。

對於偵訊那天許克華所發生的怪異現象，羅宇龍想起了謝冠勳的自殺，因為兩者都難以用一般常理解釋。

除了死者超乎正常的行為外，讓羅宇龍印象深刻的，還有許克華在拔舌時吐出的一句話。

「我要見神明。」

追查至此，案子似乎已經陷入了死胡同，羅宇龍很想找出這兩個案子背後的關聯，因為就如同當初和長官開會時所說的，他總覺得背後有個神祕的組織，導致了這一連串悲劇的發生。

然而，如果真是如此，那為什麼一切的線索又像是步入五里迷霧般，通通都斷了線呢？

這是羅宇龍從警生涯十年以來，第一次感到如此的迷惘與無助。

14

「爸……」

羅家書房裡，羅宇龍看著掛在牆上的父親遺照。

「我最近偵辦兩個案子，發現這兩個案子存在許多巧合。除此之外，還發生一連串離奇古怪的事情，這些事情超乎一般常理能夠解釋的範圍，如果祢地下有知的話，可以指引我找到這些案子背後的真相嗎？」

看著父親生前的照片，羅宇龍心中如此默唸著。

當天晚上，羅宇龍做了一個詭異的夢，這個夢並不是關於他的父親，而是類似宗教祭祀的場面。

在這處紅光四射的陰暗宮廟裡，聚集了男男女女共約三十人，他們背對中門、面向宮壇神桌。

「陰時快到了。」一個台語口音，不知從哪發出的厚實聲音響起。

這群面無表情的男女伸出雙手，將大拇指與小拇指打出，另外三指則收了起來，整體看起來，就像是尋常所說的沙卡手勢。在雙手都比出沙卡手勢後，這些人以掌心面向胸口的方向，用大拇指尖對大拇指尖、小拇指尖對小拇指尖的方式貼合十指，開始對神桌上的二郎神像點頭祭拜，一邊祭拜還一邊喃喃自語。

這集體產生的詭譎氛圍，不禁讓羅宇龍想到了最近偵辦的案件，那兩個兇手不也是像這群人這樣，對著無形的空氣自言自語嗎？

也不知過了多久，遠方傳來敲鑼打鼓、吆喝及哭喊夾雜的聲音，四個眼歪嘴斜的轎班人員頂著一頂神轎，從角落邊緣的地下室通道出口出來。

和一般神像遶境不同的是……坐在神轎上面的不是神像，而是活人。

此人眼矇黑綁帶、嘴塞白毛巾，至於手腳則被粗麻繩以五花大綁的方式緊緊捆綁住。

儘管眼口都被遮蔽，但從聲音、髮型及身材，還是可以推估得出這是一位年輕的女性。

「我不要……我不要去見神明……」轎上的女子以含糊不清的台語哀求著。

那四個轎班人員完全不搭理女子的哀求，依舊以搖搖晃晃的姿態朝主殿中央緩緩行進，在他們行進的途中，周遭那些虔誠的信徒依舊不停點頭祭拜著。

一會，神轎來到擺放在主殿中央空地的一個長桌前面停下，一個乩童打扮的中年男子從群眾中走出來，他頭綁紅布巾、左手拿黃色三角旗令、右手持開鋒過的武士刀，露出起乩般的姿態。

「呃……呃……」乩童全身上下來回抖動。

「不要……」女子的說話聲充滿了絕望。

乩童不理會女子的請求，就在眾目睽睽下，他開始了一連串的起乩儀式。

「八方眾神速降臨……神兵助我平妖魔……」以模仿三太子的口音，乩童口唸請神咒，來回踱步甩刀起舞來。

「妖魔！去死！去死！」雙眼渙散的乩童對著空氣亂砍。

「陰時到了！」又是先前那個厚實的聲音。

兩名大漢站了出來，他們將神轎那位手腳被綑綁的女子移到長桌上面，在移到長桌上面之後，女子的手腳又被多加了幾條綑綁繩。

「不要！不要！」彷彿是意識到自己快沒命似的，女子的掙扎又更激烈了。
原本在旁起乩的乩童，這時停下起乩的儀式，他表情冰冷走到女子右側。
「求求你……」女子激動地搖頭。
「妳知道，神明說什麼嗎？」蹲下身子的乩童湊到女子耳邊，瞪大眼睛陰森森問道。
「不知道……我不知道……」女子急到快瘋了，「求求你們放過我……」
「神明說，祂很喜歡妳。」乩童鬥雞眼說著。
「放我走……求求你們……」
彷彿沒聽到女子的說話聲般，乩童起身走回原本站著的地方，高高舉起那把開鋒過的武士刀……
「極陰之時～」
「嗚……嗚……」女子嚇到眼淚噴發，那卡在喉嚨的已分不清楚是口水還是淚水。
「拜見神明！」乩童眼珠子暴突。
刷！

在刀子落下的時刻，羅宇龍瞬間從床上彈起，他摸摸自己的臉龐，以確認現在到底是夢境還是真實。

很快地，羅宇龍知道自己做了場惡夢，而他剛從夢境裡醒來。

滴滴答答的聲音在房間內響個不停，看著掛在牆壁的時鐘，上面顯示的時間是凌晨三點鐘。

15

見神明。

原本這是許克華拔舌時所喊出的話，現在竟巧合地出現在羅宇龍的夢裡，難道這就是所謂的日有所思、夜有所夢？

可即便是夢，這夢境卻又是如此地真實……真實到彷彿曾經發生過。

另外，「極陰之時」代表的又是什麼？

想到這裡，羅宇龍不禁搖了搖頭，難不成是受到王大同潛移默化的影響，他覺得自己變得越來越荒謬，像這種完全沒有科學根據的東西，怎麼可以拿來當成辦案的線索？

接下來的半個月，羅宇龍每天抽空將放在床邊的謝家監視器影片拿出來，放進電腦播放器裡面觀看。

從這些影片裡面，羅宇龍看到了謝冠勳眾多詭異的舉止，諸如在房間裡面常常對著空氣喃喃自語、低頭翻閱一些不知道是什麼的小經文、眼神渙散地提筆鬼畫符、坐在彈簧床上興奮地拍打大腿兼胡言亂語……等等，而當中讓他最為感到怪異的是謝冠勳的兩個動作，一是十指緊貼朝著房間牆壁拜拜，二是拿著竹筷高高舉起向下砍殺。

針對這兩個動作，羅宇龍特別打開音量、插上耳機孔，回頭播放影片。

出兩指、收三指，那個拜拜的手勢……不正是那天夢裡看到的獻祭大會裡面，信徒們比出的手勢嗎？

他又想起了那些血腥的畫面，這讓羅宇龍的內心感到不安。

而更讓他感到發毛的是，當嘗試把音量放大，並播放到謝冠勳拿著竹筷高高舉起向下砍殺的片段仔細聆聽時，原本影片裡面模糊不清的喃喃自語聲，依稀聽到了熟悉的八個字。

「極陰之時，拜見神明。」

聽到這個模糊的聲音，羅宇龍忍不住重複播放這個片段，並將音量慢慢調大。

「極陰之時……」謝冠勳拿著竹筷高高舉起。

「拜見神明！」竹筷迅速地向下砍殺。

影片一邊自動回放，羅宇龍一邊將聲音繼續調大。

「極陰之時……」竹筷高高舉起。

「拜見神明！」竹筷迅速地向下砍殺。

「極陰之時……」竹筷高高舉起。

「拜見神明！」竹筷迅速地向下砍殺。

「極陰之時……」竹筷高高舉起。

「拜見神明！」竹筷迅速地向下砍殺。

「極陰……」

就在這時候，電腦螢幕突然黑屏，聲音也消失了。

「疑，怎麼突然秀逗了？」羅宇龍先移移滑鼠，在確認沒反應之後，他彎下腰檢查主機的電源燈是否正常。

「怪了，燈還亮著啊。」

再俯身查看主機後面的電線是否脫落，但也沒有任何異常的跡象。

「是哪裡出問題了呢？」

百思不得其解的羅宇龍，忍不住喃喃自語著。

就在羅宇龍起身回到座位的時候——

他發現眼歪嘴斜的謝冠勳，正隔著電腦螢幕鏡頭看著自己。

「嗚啊！」羅宇龍嚇得從椅子上跌落到地板。

等好不容易回過神來起身查看時，羅宇龍發現電腦螢幕又恢復到黑屏的狀態。

16

電腦維修站裡，店長反覆檢查著電腦。

「你裡面顯示卡故障了啦。」叼著菸的店長對羅宇龍解釋。

「所以換了顯示卡之後就會好了嗎？」

「應該是這樣沒錯。」店長從抽屜拿出一張產品目錄，「我們這邊顯示卡的價格從兩千到兩萬都有，看你的預算是多少？」

「五千左右。」

「那可以看一下這一排的顯示卡喔。」

「嗯……就這款吧。」羅宇龍指著產品目錄上一款顯示卡。

「沒問題。」店長收起產品目錄，「那我現在馬上幫你裝，如果順利的話，當場應該可以好。」

在店長組裝及測試顯示卡的空檔，羅宇龍試探性詢問：「如果顯示卡故障的話，電腦畫面還會突然亮起嗎？」

「當然不會啊。」店長抬頭，「你怎麼會問這麼奇怪的問題？」

「喔，沒事。」眼神閃爍的羅宇龍吞了吞口水。

過了一會，店長將主機殼封好，按下電源鍵。

「你看，這樣就沒問題了。」店長看著羅宇龍。

「可以幫我打開影片嗎？」

「嗯，可以啊。」對於羅宇龍另類的要求，店長感到一頭霧水。

「就是這部。」羅宇龍指著文件夾裡面的一個影音檔。

按照羅宇龍的指示，店長將影片打開。

「這樣？」店長看著羅宇龍。

「嗯……謝謝。」即便影片一如往常播放，但那股異樣的感覺仍存在羅宇龍的心中，沒有消失。

原本想趁特休連假結束重回工作崗位時，和王大同當面討論最近發生的怪事，但當羅宇龍回到警局的第一天，他發現王大同的座位全淨空了。

「小成……借問一下，你知道王大同跑去哪了嗎，怎麼今天還沒進辦公室？」

「他好像被調走了吧。」小成輕描淡寫地回答。

「調去哪裡？」

「不清楚，應該是外縣市的單位吧。」小成一副事不關己的口吻。

聽小成這麼說，羅宇龍來到長官辦公室找宋興邦。

「請進。」

「老大。」進門後，羅宇龍找了個椅子坐下。

「怎麼了？」宋興邦放下報紙。

「王大同怎麼被調走了？」

「他本來就只是短期支援而已。」

「可是之前那兩個案子還沒查完。」對於王大同突然調離，宋興邦卻未事先告知自己的這件事，羅宇龍覺得有點不太能諒解。

「你是說許克華跟謝冠勳的案子嗎？」宋興邦喝了口茶。

「對。」

「兇手都死了，你到底還要查什麼？」宋興邦瞄了他一眼。

「就像我之前說的，這兩個案子恐怕向上還能追溯出更多的祕密。」

「就算是這樣，那跟王大同的轉調又有什麼關係？」宋興邦用疑惑的表情看著羅宇龍。

被長官這麼一問，羅宇龍愣了幾秒，回答：「因為我覺得……王大同這個人還挺特別的，他可能可以幫我一些別人無法幫上的忙。」

「他能幫你什麼忙？求神問卜是嗎？」聽羅宇龍這麼說，宋興邦露出嗤之以鼻的表情。

見羅宇龍沉默不語，宋興邦又接著說下去：「他來我們這裡沒多久，除了喜歡自言自語不說，還三不五時作法，把警局搞到像是祭壇似的。許克華火化那天，他穿道袍上班，如果不是我跟當天採訪的記者交情還不錯，這消息傳了出去，我就準備成為台灣警界的笑柄！」

畢竟在這裡待了十年，羅宇龍很清楚自家老大的作風，對於底下散漫的風氣，宋興邦總是睜一隻眼閉一隻眼，不然他也沒辦法爬到今天這個位置，但如果是公關方面的危機，宋興邦就顯得積極許多，只要有任何破壞自身形象的可能，他都會第一時間去補救。

17

「你調到外縣市了？」當天晚上下班，羅宇龍打手機給王大同。

「是啊。」

「怎麼沒事先跟我說？」

「我也是突然收到轉調的公文。」電話那頭，王大同的語氣滿是無奈。

「那你現在人在哪？」

「彰化。」

「可以約個時間見面嗎？有些事情想跟你當面聊聊。」

「嗯嗯，是可以啊。」

找個兩人都有空閒的休假，羅宇龍和王大同在咖啡廳見面。

「好久不見。」見王大同坐下，羅宇龍打了個招呼。

「怎麼，有什麼事找我？」王大同看著羅宇龍。

「我最近發生了一些怪事。」

「什麼怪事？」

羅宇龍把最近做的惡夢內容，以及觀看謝冠動影片時發生的靈異現象，通通告訴了王大同。

「你說你夢到的夢境裡面，有個乩童喊著『極陰之時，拜見神明』這八個字？」

「對，而且他殺死獻祭者的刀法，就跟謝冠動自殺的方式十分類似。」

「那只是一個夢而已，不是嗎？」

「是沒錯，但這夢太過真實，真實到讓我覺得這是一種警示或預兆。」回想起那個惡夢，羅宇龍還餘悸猶存。

「你之前不是說過，你不信鬼神？」王大同笑了。

「因為上面說的這些怪事，讓我開始產生了動搖。」羅宇龍表情變得嚴肅，「尤其是影片那件事情，我很確定自己沒有看錯，我真的親眼看到謝冠動隔著螢幕鏡頭看著我。」

「嗯……」王大同沉思了一會，回答：「這些往生者遺留下來的影片，如果可以避免的話，儘量不要再碰了。」

「為什麼？」

「上次偵訊許克華的時候，我就懷疑這個人中邪了，像這種中邪死者的遺物或祭祀品，上面可能殘留一些靈體或邪氣，沒事最好少碰為妙。不然的話……可能會惹上一些不該惹的東西，因為串聯這兩個案件背後的真正元凶，不是人，而是鬼神。」

「那依你的觀察。」羅宇龍看著王大同，「你有沒有什麼推薦的做法？」

「在回答這個問題之前，我先問你一個問題。」

「什麼問題？」

「如果這些案子背後的真凶不是人，而是鬼神，你是不是還要堅持繼續查下去？」說出這些話的時候，王大同的表情很認真。

「我願意。」羅宇龍態度堅決。

「為什麼？」王大同口氣帶了點疑惑，「繼續查下去對你到底有什麼好處？往鬼神之說去辦案，升官、加薪……這些都將與你無緣，難道你不曉得這點嗎？」

「我當然明白。」

「那既然如此，為什麼你還要賭上前途及安危這麼做？」

「因為這是我作為一個警察該有的良知跟職責。」

「良知……職責……」王大同搔搔下巴，彷彿正在思索什麼事情，「好，既然你有這樣的堅持，那我就破例無償陪你繼續查下去。」

王大同從包包裡面拿出一張紙，上面記載著幾間彰化地區宮廟的地址。

「我最近找個時間去牽亡魂，或許會對案情的偵辦有幫助。」

「牽亡魂？」羅宇龍神情疑惑，「那是什麼？」

「就是把死者的亡魂召喚到陽間來，附身在靈媒或法師的身上，這樣我們好問一些事情。」

「你不是也懂這些東西嗎？如果你來當靈媒的話……」

「沒辦法。」王大同無奈地搖搖頭。

「為什麼？」

「這需要天生的體質，我的體質不適合當靈媒。」

「那好吧……你那邊有什麼新的進展，記得要跟我說。」

18

上次見面王大同的告誡，羅宇龍有聽進去，從那之後，他就沒有再碰死者生前的錄影。在這段期間，他也曾試著繼續追查毒品上游的線索，不過很可惜的是……即便投注了不少心力，但並沒有什麼突破性的進展。

羅宇龍這陣子的辦案作風，某種程度也引發了局內同事的不滿，對這些人而言，他們無法理解為何羅宇龍要對這兩個明明已經可以結案的案子這麼執著，而更讓人無法接受的是，執著不肯放棄的原因，竟是為了一些鬼神之說，所以他們覺得羅宇龍變了，變得不再像是過去熟悉的那位秉持科學證據辦案的長官，而是像王大同那樣，整天靠著虛無飄渺的鬼神之說，亂放砲、亂唬爛的瘋子。

慢慢的，當羅宇龍走進警局上班的時候，他總會覺得背後有人朝他指指點點，就像以前他們對待王大同那樣，但當自己回頭查看，一切又會恢復若無其事的樣貌。

針對這兩個不尋常的案子，羅宇龍覺得自己正在做對的事，只是身旁的同事不了解他，唯一理解並願意陪伴自己繼續查案的，就只有王大同。

這天深夜，羅宇龍待在警局辦公室內處理公務，電腦用到一半，突然一陣尿意襲來，他放下手邊的工作，離開辦公室往廁所走去。

廁所位在警局最角落的地方，時間有點晚了，沿途其他辦公室只有稀稀落落的同事在值班。

「怎麼沒開燈呢？」來到廁所門口，羅宇龍發現裡面都是暗的，便隨手將電燈打開。

開燈後，羅宇龍入內找個便斗小解，就在小解的時候，後面的隔間突然傳來微弱的貓叫聲。

「怪了，怎麼會有貓叫聲？」滿腦子疑惑的羅宇龍，轉身開始尋找聲音的來源。

「喵～」

又是一聲。

這次羅宇龍確定了，那貓叫聲來自於最後一間的儲藏室！

抱著戒慎恐懼的心情，他一步步走向儲藏室。

伸出右手，羅宇龍緩緩將門推開——

一隻和先前一樣的曼德勒黑貓出現在他面前。

還來不及做出太多的反應，咻一聲，整間廁所又被漆黑所吞噬。

「跳電了？還是燈管壞了？」各種猜測布滿羅宇龍的腦中。

黑暗裡，除了微弱的貓叫聲外，只剩那雙會讓人發毛的黃色眼睛。

受限於整個環境缺乏光線照射，羅宇龍完全看不到黑貓除了眼睛以外的其他部位，那雙貓眼發出炯炯的亮光，彷彿就像是一對照明的車燈。

就在羅宇龍的注意力被眼前這隻黑貓吸引時，他的腳邊又傳來貓叫聲。

往下一看……

又是一雙會散發黃光的貓眼睛！

抬頭轉移視線，剛剛那隻黑貓還待在原地沒有移動啊。

換句話說，儲藏室裡莫名其妙藏了兩隻黑貓在裡面？

可是……剛剛推開儲藏室大門的時候，他明明就只看到了一隻曼德勒黑貓啊！

舊的疑惑還來不及得到解答，新的疑惑又已經產生。

三雙、四雙、五雙、六雙……

十多雙貓眼睛充斥在他的視線裡面！

「嗚啊啊啊！」羅宇龍嚇得叫出聲來。

正當羅宇龍重心不穩跌倒在地時，廁所的燈突然又恢復了，在恢復的瞬間——

那些黑貓通通都不見了。

用力揉了揉眼睛，羅宇龍重新確認了一下。

對，儲藏室裡面沒有貓，一隻都沒有！

可是他剛剛明明就有看到的啊……

越想越覺得詭異的羅宇龍，用最快的速度奪門而出，在衝出廁所大門的時候，他迎面差點和兩位同事撞上！

「怎麼了？」兩人滿臉疑惑看著他。

「剛才是不是有停電？」羅宇龍一臉驚恐。

「沒有啊。」兩人露出一頭霧水的表情。

「可是剛剛廁所燈突然熄滅了。」

「我看現在還挺正常的啊。」兩人抬頭看向廁所天花板。

「剛剛停電的時候……有很多黑貓在儲藏室裡面，但燈來之後又不見了！」想到剛才發生的景象，羅宇龍還驚甫未定。

「什麼黑貓……」兩人邊碎唸邊走進廁所。

眼見對方不信邪，羅宇龍親自帶著兩人一起來到儲藏室確認，然而裡面除了堆放少量雜物外，根本什麼都沒有。

「貓在哪裡？」同事轉頭看著羅宇龍。

「我剛剛明明就有看到的啊……」羅宇龍面色蒼白。

19

同樣的時間、同樣的地點，他又回到了這裡。

廁所裡面，昏暗的日光燈一閃一閃，彷彿就像是日式恐怖片的場景。

不同於那天的貓叫聲，這次從儲藏室裡面傳出的，是嗚咽的哭聲，那綿長的哭聲充滿了無盡的哀怨，彷彿有什麼委屈無處訴說似的。

「嗚……嗚……嗚……」

「誰？」羅宇龍試著一步步靠近。

「嗚……」哭聲並沒有因此而停止，反而還變得更大聲了些。

從低沉的語調來判斷，感覺這是個男人的聲音。

「哈囉？」羅宇龍來到儲藏室門口。

在輕敲幾下後，羅宇龍將儲藏室的門推開。

裡面有個面朝地板，只穿條內褲的裸男，正蹲在儲藏室牆角哭泣。

因為這人低頭而且雙手覆蓋在臉部的關係，羅宇龍看不清楚他的五官。

抱著戒慎恐懼的心情，羅宇龍小心翼翼地繼續前進……

「嗨。」羅宇龍湊向前。

「嗚……嗚……」哭聲依舊沒有停止。

「你好？」羅宇龍嘗試靠得更近，以便能看清楚這個人的長相。

「哈囉？」羅宇龍已來到對方身旁。

「先生？先生？」羅宇龍出手想扳開這人覆蓋在臉部的手掌，但對方的雙手彷彿裹上強力膠似的，緊緊貼在臉上不肯放下。

「嗚……嗚……」羅宇龍越是用力，對方的雙手就黏得越牢。

就在兩人僵持不下的時候，裸男雙手手勁突然一鬆，瞬間這人的手放下、相貌也露了出來，他轉而抬頭看向羅宇龍——

就在這個當下……羅宇龍看清楚了。

他終於看清楚了這個人到底是誰。

是老莫。

是那個他共事了很多年的老莫。

只是……

這個老莫，不是尋常所見的模樣，而是臉色發青、七孔流血的狀態！他的雙眼不知被什麼東西刺穿成兩個窟窿，從那深不見底的黑暗裡面，彷彿可以感受到老莫急切地想要訴說著什麼苦痛或冤屈。

羅宇龍還來不及發出任何聲音，老莫已經一把抓住他的左手，哀求道：「救救我……拜託救救我……」

「老莫，你幹嘛？」混亂中，兩人開始拉扯起來。

「我的眼睛……我的眼睛……」無論羅宇龍多麼想甩開，老莫都緊緊抓住他的手不放。

「我的眼睛不見了……」

「老莫，你冷靜點！」情急之下，羅宇龍大聲喝止。

這句話彷彿觸動了老莫身上的某個開關似的，他鬆開雙手，轉而慌張失措地在空氣及地板來回到處亂抓。

「你在找什麼？」驚甫未定的羅宇龍，大口地喘著氣。

「在找眼睛……我的眼睛……」老莫依舊張牙舞爪揮舞著雙手。在四處亂抓一通後，突然……老莫好像發現新大陸似的，啪一聲，將手搭在羅宇龍的腰間。

「老莫，你幹嘛？」被老莫出手亂抓，羅宇龍又緊張起來。

老莫也沒回話，他在羅宇龍身上聞聞嗅嗅，邊聞還邊站起身來。

羅宇龍吞吞口水，頓時也不知該如何反應。

就在儲藏室內一片沉默的時候……

「啊啊啊啊啊啊啊啊啊！」

面目扭曲的老莫大吼出聲，他以兇狠的態勢一股腦將羅宇龍撲倒在地，並緊緊掐住羅宇龍的脖子。

「呃……啊……」雖然當下沒有鏡子可照，但羅宇龍直覺自己眼珠子上吊，已快呈現缺氧的狀態。

「把我的眼睛還給我！把我的眼睛還給我！」老莫兇惡地咆嘯著。

在十萬火急下，羅宇龍握緊拳頭朝老莫臉上攻擊，但此時的老莫彷彿像是具石頭做成的雕像，怎麼打也沒有痛覺似的。

「我的眼睛！我的眼睛！」老莫瘋狂地鬼吼鬼叫。

因為咽喉被緊緊掐住的關係，很快地，羅宇龍感覺到自己的呼吸越來越困難……

越來越困難……

他快不行了……

快沒命了……

呃……

「哇！」

大叫一聲的羅宇龍，從床上驚呼坐起。

原來剛才這是個夢。

而且還是個足以讓人嚇破膽的惡夢。

看著掛在牆上的時鐘，指針顯示是凌晨三點鐘。

隔天一早到警局，羅宇龍前往法醫室找老莫。

「老莫？他最近請假不會來上班喔。」同樣是法醫室的春陽回答。

「他有說是什麼事情嗎？」

「聽說前幾天在浴室洗澡的時候中風了，好像要在家休養一陣子吧。」

「這樣啊……」

「怎麼了嗎？」春陽滿臉疑惑看著他。

「沒事。」羅宇龍眼神閃爍。

20

儘管自從上次回醫院追蹤之後，母親每天都有定時服藥，但病情似乎沒有因此而獲得控制，反而還變得更為嚴重。

透過少數在家時的互動，羅宇龍總覺得母親的個性跟以前比起來，更加沉默寡言，同時也更容易因為一點生活上的小事而發脾氣。

此外，好幾個夜晚，羅宇龍在臥房睡覺的時候，都聽見母親在客廳或長廊來回踱步的聲音，那腳步聲聽起來帶點緩慢及沉重，彷彿雙腳都綁上鐵鍊似的。

也有好幾次，羅宇龍半夜尿急上廁所，但上完廁所回到廚房的時候，卻發現母親就站在廁所門外的洗碗槽，在那邊一聲不響地看著洗碗槽發呆。

諸如此類……一些舉止方面的異常逐漸發生。

羅母病情惡化的這件事，自然影響了羅宇龍的生活，原本工作就已十分繁忙的他，私生活還因為母親失智症加重而受到影響，這讓羅宇龍身心靈都感到疲憊，但個性較為壓抑的他，只能默默把苦往心裡吞。

這天休假，羅宇龍原本想到書房看點書，但走進書房之後，卻發現掛在牆上的父親遺照莫名其妙消失了。在疑惑之下，他又翻櫃檢查父親生前所留下的遺物，結果發現這些東西也通通都不見了！

翻箱倒櫃也遍尋不著後，羅宇龍氣急敗壞跑去找母親詢問。

「媽，書房裡面爸的照片，還有生前那些遺物怎麼通通都不見了？」

「丟了。」正準備把洗好的衣服拿去陽台曬的羅母，轉身只脫口而出這句話。

「沒事好好的，為什麼要丟？」對於母親的作法，羅宇龍感到難以理解。

「家裡空間太小，放不下這麼多東西。」母親的口氣異常地平淡。

「我們家20多坪，放不下這些東西？」

「你平常不要堆太多東西，這樣我大掃除起來很累。」從母親說話的語調，羅宇龍隱約覺得有場衝突又正要發生。

為了避免與母親正面衝突，羅宇龍當下決定打住這個話題，但父親遺物莫名被丟這件事，仍讓他心裡覺得有點古怪。

巧巧從以前就喜歡自己一個人待在房間裡面畫畫，但羅宇龍最近發現，巧巧常常會畫一些過去沒有的東西，就好比人物照，這跟過去總是畫些風景或卡通動物十分不同。

「巧巧，妳在畫什麼？」某日午後，羅宇龍湊到正在畫圖的女兒身邊。

安靜的巧巧抬頭看了羅宇龍一眼，然後又繼續低頭作畫。

翻覆的遊覽車、死去的司機、受傷流血的師生……

羅宇龍凝視巧巧畫出來的這幅圖畫，腦中突然閃過很久很久以前，在他還只是個學生的時候所發生的往事。

他永遠記得那天……他的母親哭得特別慘，那是一件上電視新聞的大事，某高中畢業旅行出遊，結果因為司機疲勞駕駛，遊覽車在駛經山路的時候不幸翻覆，車上包含司機及師生共三十多人全數罹難，而羅宇龍的姊姊也包含其中。

這不是同個父親生下的小孩，對於羅母改嫁帶來的這個女孩子，羅父一直抱持著提防的心態，而對於女兒從小就失去父親的關愛，羅母則心懷著滿滿的愧疚。直到接獲女兒死訊的那一刻，羅母多年來壓抑的情緒終於潰堤，她埋怨羅父多年來的不公，也埋怨自己作為母親的疏忽與不力，因為在這場亡命畢旅發生的前一個月，羅母晚上就常常夢到手上有個東西脫落，而自己手上流了好多好多血，儘管這個夢境不斷反覆出現，但羅母卻始終不清楚夢裡面的這個東西是什麼。到了這場意外發生後，她才曉得原來自己即將失去的，就是自己的女兒。

這場意外，成了羅家不願提起的傷口，家裡的任何一個人，應該都不曾在巧巧面前提到這件事，但又為何巧巧會知道呢？

還是說……這只是單純的巧合？

但如果說是巧合的話，那又未免巧合得太過離奇，離奇到讓羅宇龍覺得不可思議。

或許是因為太過離奇所導致的情緒起伏，羅宇龍抓著巧巧的雙手，激動問道：「巧巧，妳怎麼會畫這些東西？是誰告訴妳這些東西的？」

被羅宇龍這麼一抓，巧巧嚇得哭了起來。

「不好意思……」巧巧的哭聲讓羅宇龍注意到自己的失禮，他趕緊向巧巧道了個歉。

21

麥當勞裡，用完餐的羅宇龍坐在位子上沉思，就在他整理最近所發生的一連串怪事的思緒時，突然有個熟悉的臉孔出現在附近。

這個人……不就是最近被通緝的毒販，小蟲嗎？

小蟲畢竟是這兩個案子裡面，其中一個已確定的毒品上游來源。對羅宇龍來說，抓到小蟲並審問，或許能夠從他口中得到什麼更多的線索也說不定。

儘管手上有槍，但出於謹慎，羅宇龍還是先假裝不動聲色，等對方走出麥當勞大門後，他才趕緊尾隨上去。

在跟蹤的過程中，羅宇龍發現小蟲神情慌張，連走路的步伐也特別急特別快。

抱持著滿滿的疑惑，羅宇龍一路從大馬路跟蹤到了小巷子。

走進狹窄黑暗的小巷弄裡面，小蟲突然停下腳步來，他微微轉頭了一下，彷彿察覺到什麼事。

眼見狀況有異，羅宇龍機警地側身隱進旁邊的紅磚瓦牆柱上。

小蟲緩緩向前走了幾步，就在羅宇龍打算跟上時，小蟲又再次停下腳步。

正當羅宇龍屏息以待的時候……

突然——

小蟲拔腿狂奔起來！

狹長的巷弄裡，兩人開始進行一場警匪追逐戰。

羅宇龍追著小蟲一路來到轉角，在轉彎來到小路的人行道後，小蟲因為重心不穩而跌倒在地上。

趁小蟲還沒起身，羅宇龍快步向前將他壓制在地上，並打開掛在身上的錄音筆。

「拜託……不要殺我……」小蟲說話的語氣帶有無比的驚慌。

「我沒有要殺你，我是霞山分局的員警，想問你一些事。」羅宇龍冷靜地看著小蟲。

「我什麼也不知道……不要問我……」

「你就是小蟲，對吧？」

「是又怎麼了？」小蟲慌張回答。

「我想問你，你認不認識許克華？」

「不認識……」

「撒謊！」羅宇龍提高語氣，「警方手上現在已經有你跟許克華完整的通訊紀錄，你最好從實招來，不然等到檢察官起訴的時候，我敢保證你的罪會判更重！」

「嗚啊……」小蟲的反應還是閃閃躲躲。

眼見僵持不斷，羅宇龍決定使出殺手鐧：「你知道販毒最高判死刑嗎？」

小蟲沒有回答，而只是被壓制在地上哀號著。

「如果你乖乖回答我的問題，等法院審理時，我可以跟法官請求從輕量刑。」

這招終於突破小蟲的心防，經過一番天人交戰，他顫抖著聲音回答：

「我……我認識。」

「他固定跟你買毒品，對吧？」

短暫猶豫了幾秒，小蟲慌張地點頭。

「那你跟他互動的過程中，有沒有發覺他的言行舉止怪怪的，就有點像是中邪那樣？」

「嗚……」臉色蒼白的小蟲吞了吞口水。

「快說！」

「就……」小蟲面露驚恐，「差不多兩年前，他有提到他陪朋友去一間宮廟拜拜，回來之後有遇到一些怪怪的事情，也是差不多從那時候開始，感覺他的精神狀況就不太穩定。」

停頓了幾秒，小蟲又接著說：「雖然這樣，但每次見面的時候，我還是定期供貨給他。」

「你們大概多久見一次面？」羅宇龍問。

「差不多半年一次吧。」小蟲回憶道。

「你看到他的時候，他就像是個瘋子一樣，臉色蒼白、腦袋昏昏沉沉、兩眼無神的樣子？」

「對。」依舊被壓制在地上的小蟲點頭，「差不多就是你剛剛形容的這個樣子。」

「那他有沒有提到那座宮廟叫什麼名字？」羅宇龍繼續追問。

「沒有……」小蟲搖頭。

「不要想打馬虎眼！」羅宇龍又露出威嚇的態勢。

「沒有……真的沒有……這我就真的不知道！」小蟲哭喊。

威嚇一陣子，眼見小蟲的反應不像是說謊，從他口中也無法再套出這個宮廟的名字，羅宇龍轉而改問其他問題。

「那他有說過那個宮廟的大概位置嗎？」

被羅宇龍這麼一問，小蟲想了想，回答：「好像有說過。」

「真的？在哪？」

「他之前有次好像說過，那宮廟在……」

就在小蟲準備脫口供出答案的時候，羅宇龍聽到背後有大貨車急速駛近的聲音。

微微轉頭，羅宇龍發現這台貨車竟朝人行道這裡撞了過來！

「快閃！」在大喊出聲的同時，羅宇龍的身子在地上打滾了好幾圈。

「啊啊啊啊啊啊！」來不及閃躲的小蟲，當場發出崩潰的叫聲。

砰！

周遭一陣煙霧瀰漫，等羅宇龍起身查看時，小蟲已經被大貨車撞成血肉模糊一片。

22

「彥辰，等等我要去一趟偵訊室，今天的探巡要麻煩你跟坤霖一起了。」警局裡，羅宇龍拍拍彥辰的肩膀。

原本在位子上低著頭的彥辰停下動作，他抬頭望了羅宇龍一眼，在點了點頭後，又繼續嚼口香糖、滑手機。

回想起來，彥辰和坤霖來到這裡也沒多久的時間，但已經跟當初剛進來時那種熱血沸騰、朝氣蓬勃的感覺差了十萬八千里。

或許……人總是會變的吧。

經過羅宇龍初步調查，小蟲案件中肇事的貨車司機叫陳致平，是個單身獨居的中年男子，平時生活單純也無不良嗜好，他的酒測值高達1.5毫克，因此幾乎是在不省人事的狀態下開車。

待陳致平恢復意識，羅宇龍在偵訊室約談了這個人，但約談結束後，似乎也找不到這人殺人的動機，最後只能先以酒駕及過失殺人罪送辦。

夜幕低垂，羅宇龍打了通電話給王大同，並把小蟲被撞死的這件事告訴對方。

「照你這麼說，小蟲的死還真的很意外。」

「與其說是意外，還不如說是離奇。」羅宇龍面色凝重，「就好像有股力量想要致他於死地似的。」

「或許小蟲的死，跟他準備要供出某些祕密有關。」王大同推測。

「因為他準備要洩漏那間宮廟的祕密，是嗎？」經過這段時間的相處，兩人彷彿心有靈犀般有所共識。

「說到宮廟……」王大同頓了頓。

「怎麼了？」

「提到宮廟，我就想到你前陣子做的惡夢。」

「的確，一切的怪事都隱含著莫名的巧合，而這些巧合背後，彷彿都指向相同的方向。」說到這裡，羅宇龍轉而問王大同：「那找宮廟牽亡魂的事呢？有沒有什麼眉目了？」

「目前不太順利。」王大同嘆了口氣，「這陣子我陸續詢問好幾間宮廟，但都沒有人願意幫忙。」

「怎麼會這樣？」

「因為這些宮廟都怕惹禍上身。」王大同又嘆了口氣，「看來……如果再沒有宮廟願意幫忙的話，最後只能撥空回花蓮找我嬸嬸了。」

「那牽亡魂的事情就再麻煩你了，至於小蟲這案子，我想再花時間查一下。」

「好，繼續保持聯絡。」

23

好像從某個時間點開始，家裡陸陸續續發生了一些怪事。

就好比三更半夜的時候，廚房會突然發出碗筷撞擊的聲音，或著是走廊傳來鬼鬼祟祟的腳步聲，但等羅宇龍步出房間查看，卻發現走廊根本沒人等等。

除此之外，羅宇龍發現自己的睡眠品質變得很差，除了會做一些醒來沒多久就會忘記的夢外，半夜還常常會沒來由地驚醒，醒來時渾身起雞皮疙瘩。

某天凌晨，羅宇龍又是莫名其妙醒來，醒來後，他覺得有點尿急，便起身往廁所走去。

儘管只有昏暗的燈光，但在穿過客廳時，羅宇龍仍感覺得到有個人一聲不響坐在沙發上面。

仔細一看，那是母親，她眼神空洞，喃喃自語對著空氣說話，彷彿在看不見的另一頭，真的有人傾聽她的心事與苦衷。

然而……這段時間家裡發生的怪事，並不是只有母親失智症加劇而已。

這天，羅宇龍下班回家的時候，發現整個房子沒開燈，他先把客廳的燈打開，接著走進臥房裡面放包包。

才剛放好包包沒多久，廚房內側的儲藏室就傳來了一陣聲響。

「是誰？」滿腦疑惑的羅宇龍，緩步往儲藏室走去。

來到廚房，羅宇龍不忘隨手按下電燈按鈕，但不管他怎麼按，廚房的電燈都沒有反應。

「怪了，電燈是壞了嗎？」

到臥房拿了個手電筒，羅宇龍又重新回到廚房。

喀啦。

儲藏室又發出一點聲響。

吞了吞口水，羅宇龍小心翼翼靠近儲藏室……

終於，他明白了儲藏室怪聲的來源——

那是他的女兒。

巧巧正抱著一隻黑貓躲在儲藏室內。

重點是，這隻黑貓又是曼德勒品種的黑貓！

黃黑色的貓眼搭配著冷峻的氣息，看得羅宇龍渾身不自在起來。

「巧巧，妳在幹嘛？」面色鐵青的羅宇龍打破沉默。

蹲在地上的巧巧，一語不發地繼續撫摸著黑貓，她的眼神有點空洞，彷彿腦中正在思考什麼事情。

就在場面逐漸詭異的時候，這隻黑貓發出了微弱的叫聲。

喵～

「叔叔。」巧巧口中擠出了這兩個字。

「什麼？」為了聽更清楚些，羅宇龍蹲下身子來。

「叔叔說，這隻黑貓很乖。」低著頭的巧巧，聲音很平板。

「叔叔是誰？」羅宇龍顫抖著聲音問道。

「叔叔，就在爸爸的後面。」抬起頭來的巧巧，手指著羅宇龍背後。

被巧巧這麼一說，羅宇龍頓時覺得脊背發涼，他臉色蒼白地轉過身去——

然而，後方半個人影也沒有。

「巧巧，後面沒有人。」捏了把冷汗的羅宇龍繼續說下去：「後面沒有叔叔，說謊是不對的行為，鼻子會像木偶人一樣變長喔。」

儘管羅宇龍這麼說，但巧巧的表情十分鎮定，絲毫沒有小孩子說謊被拆穿時所會有的慌張。

就在父女兩人對望的空檔，巧巧原本手上抱著的黑貓，突然從她手上掙脫，跳到地板上面。

「這隻黑貓不能留在家裡，我們家不適合養貓。」羅宇龍的眼神閃爍中帶點慌張，他用最快的速度將貓裝進籠子裡。

「走，我們把貓咪送到適合牠們的地方。」

說完，提著籠子的羅宇龍拉著巧巧的手步出家門。

「嗚啊！」走到公寓一樓門口，羅宇龍迎面差點和鄰居坤叔撞上。

坤叔是阿秋姨的老公，平時開大貨車送貨維生，可能因為工作需要久坐的關係，他有著中年男人常有的大凸肚。畢竟貨運司機的工時實在太長了，所以儘管羅家住在二樓、阿秋姨家住在一樓，但羅宇龍很少見到坤叔，偶爾在公寓樓下碰到面，也是看他挺著肚子一個人抽菸。

「坤……坤叔好。」

「怎麼今天這麼慌慌張張的？」放下菸的坤叔皺起眉頭來。

「沒……要野放這隻貓。」

「貓？」

「這個改天有空再解釋吧，不好意思我先忙……」不待坤叔反應，羅宇龍已經帶著巧巧離開現場。

過去碰到坤叔時，羅宇龍偶爾會上前和他一起抽菸並閒聊幾句，但今天真的無法……這隻黑貓所散發出來的詭異氣息，讓羅宇龍當機立斷要放生，否則的話……未來不知道還會有什麼事情發生！

漆黑的夜色下，羅宇龍開車帶著女兒來到公園河堤，這裡距離羅家足足有半個小時的車程，把貓送到離家這麼遠的地方野放，羅宇龍覺得應該足夠了。按照常理來說，動物不可能在經過這麼遙遠又複雜的路程後，還能記得回家的路。

絕、對、不、可、能！

提著籠子的羅宇龍下車，他帶著巧巧一連繞了好幾個彎，最後終於來到河堤旁的一處小空地。

就在這裡，滿頭大汗的羅宇龍，小心翼翼地將籠子打開。

貓是一種野性未滅的動物，在新環境到處探探嗅嗅沒多久，便頭也不回地跑了。

目送黑貓離開的身影，羅宇龍不禁鬆了口氣。

就在羅宇龍轉身準備帶著女兒離開的時候，他發現巧巧居然對著空氣說話。

「巧巧，妳在跟誰說話？」

「跟叔叔聊天。」儘管巧巧的語氣很稚嫩，但這句話只喚起了羅宇龍對於未知的恐懼。

「沒有叔叔！」羅宇龍拉緊巧巧的手，「我們家沒有叔叔這個人！」

說完，羅宇龍帶著巧巧快步回到車上。

一進車內，羅宇龍倒抽一口冷氣⋯⋯

待在車前座等著他們的，是才剛放生的曼德勒黑貓！

剛剛他明明就看到這隻貓往反方向跑去了啊⋯⋯而且當初下車的時候，車門明明就有關上的，那黑貓又是怎麼進到車內的？

基於一連串問號所累積出來的恐懼，羅宇龍失控地將黑貓丟出車外，在確認巧巧人在後座後，他用最快的速度將車門關上，揚長而去。

回到家，母親依舊外出沒有回來。

羅宇龍帶著巧巧進到房間裡面，他發現床上擺著一堆用蠟筆塗鴉而成的紙張。

「這些都是妳畫的嗎？」羅宇龍低頭問巧巧。

巧巧安靜地點頭。

羅宇龍拿起這些圖畫翻閱，發現裡面都是一些人物的情境圖。

羅母和一個長髮女子講話、有三個目露兇光的陌生男人待在屋子、一隻黑貓倒在血泊裡面……等等。

這些圖畫讓羅宇龍想起了最近發生的某些事，所以他不覺得這是女兒毫無根據地隨意亂畫，而是這個小孩子確實看到了什麼，或遇到了什麼。

「妳看到了什麼？為什麼會畫這些東西？」羅宇龍看著巧巧。

巧巧無辜的眼睛瞪得大大的，直到過了好一陣子，她才緩緩開口：「阿嬤……阿嬤說她最近跟姑姑聊天，還說要找時間我們三個一起玩。」巧巧童言童語回答。

「我們家沒有叔叔，也沒有姑姑，現在就只有我跟妳還有阿嬤三個人。」

聽羅宇龍這麼說，巧巧陷入了一片沉默，她水汪汪的眼睛直視著羅宇龍。

「怎麼了？」羅宇龍認真看著自己的女兒。

「阿嬤說，你不是她的小孩，這裡不是她的家。」

巧巧不經意說出的話，讓羅宇龍的心像是被鐵拳重擊般痛楚，他忍不住脫口而出，大聲斥責自己的女兒。

「巧巧，不要亂說話！」

羅宇龍的喝斥，讓年紀尚小的巧巧哭了起來。

意識到自己的失態，羅宇龍又蹲下身子安撫自己的女兒。

家裡的怪事並沒有因為黑貓的丟棄而結束，廚房或走廊的怪聲依舊偶爾會出現，此外羅宇龍開始發現家裡有股莫名的臭味，這臭味聞起來很像是老鼠死掉的味道，但羅宇龍卻又找不到這些臭味的來源。

差不多是在家裡陸續發生怪事、自己常常會半夜驚醒的那陣子，羅宇龍注意到每個月有那麼幾天，母親會外出很長的一段時間，有時候甚至是前一天晚上出去，到了隔天早上才回來，而這當中到底去了哪裡、做了什麼事情，他完全無從曉得。起初因為工作繁忙，羅宇龍並沒有把這件事情放在心上，但隨著家裡陸陸續續有些怪事發生，這件事情也隨之浮上心頭。

這讓羅宇龍想起了母親在客廳或長廊來回踱步的聲音，那些聽起來彷彿是雙腳都綁上鐵鍊似的沉重腳步聲。

在不堪其擾下，羅宇龍決定先把巧巧送到前妻家暫住。

羅家樓下門口，前妻淑敏看著這個自己曾經深愛過的男人。

「當初你怎麼也不肯讓出巧巧的監護權，怎麼現在突然三百六十度大轉變？」

「家裡最近發生了一些事，我現在三言兩語也無法隨便講完，總之……巧巧這陣子就麻煩妳照顧了。」羅宇龍神情嚴肅看著淑敏。

「好吧，巧巧，我們走。」淑敏拉拉巧巧的衣袖。

確認巧巧上了車，淑敏隨即將車門關上。

「是說……妳有新對象了？」在淑敏準備進入車內時，羅宇龍突然冒出這句話。

「幹嘛突然問我這麼尷尬的問題。」淑敏低頭看著柏油路。

「就……隨便問問。」羅宇龍用搔頭及笑容來掩飾自己的笨拙。

「這些都過去了。」短暫沉默了幾秒，淑敏旋即進入車內，催動油門。

離開前，她哀傷地撇了羅宇龍一眼，但很快又恢復之前的淡定。

看著車子駛離的背影，羅宇龍內心滿是五味雜陳。

「剛剛那個是淑敏嗎？今天怎麼會突然想回來？」

轉頭看去，原來是鄰居阿秋姨。

相較於坤叔的寡言，阿秋姨顯得熱心且多話，時常羅宇龍下樓外出都會碰到她，而基於禮貌，羅宇龍也都會向這個一路看自己長大的長輩打招呼。

還記得當初他與淑敏的婚禮，阿秋姨一家三口也有參加，回想起來，這都已經是好多年以前的事了。

「最近家裡發生一些事，想說先把巧巧送到淑敏家，免得孩子上學受到干擾。」羅宇龍盡可能用輕描淡寫的語氣帶過。

「啊家裡是出了什麼事？」阿秋姨露出滿滿問號的表情。

「最近家裡有股怪味。」

「怪味？」

「對，有點類似死老鼠的味道。」

「是喔。」阿秋姨歪著頭，好像在想什麼事情。

「奇怪的是，我怎麼找都找不到臭味的來源。」

「你等我一下。」

說完，阿秋姨跑回家裡面，過沒多久，她又小跑步回到原地。

「這款除臭包很好用，你把這些除臭包放在家裡的幾個角落，看過一陣子會不會改善。」阿秋姨熱心地將一大綑除臭包遞上。

「謝謝。」接過東西的羅宇龍順口問道：「對了，阿秋姨，妳最近和我媽聊天互動的時候，有沒有感覺哪裡怪怪的？」

「怪怪的？啊是什麼怪怪的？」

「就……我發現我媽失智症加重了。」

「沒有欸，我跟她聊天的時候還好，只是看起來好像心情不太好的樣子。」

「這樣啊。」

「怎麼了嗎？」

「沒事……」羅宇龍頓了頓，又說：「如果我媽有什麼異常的話，麻煩跟我說。」

「喔喔，好。」

畢竟有些事情不方便跟外人透露太多，羅宇龍覺得自己的要求大概會讓阿秋姨一頭霧水吧。

隨著淑敏接走巧巧，家裡就只剩羅宇龍和母親兩個人了。

自從注意到母親的行蹤有變，羅宇龍開始觀察她的生活細節，他發現母親遠行回家的時候，身上會帶有一股淡淡的血腥味。

出於好奇，平時很少做家事的羅宇龍，某天悄悄走到廁所外面的洗衣籃，將母親的衣物拿起來看，結果發現上面居然沾有淡淡的血漬！

沒事好好的……這些血漬是從哪來的呢？

羅宇龍小心翼翼將衣物放回洗衣籃內，在回到房間躺平後，他的心情依舊無法平靜，滿腦子想的都是各種令人不安的畫面。

24

老莫過世了。

中風壓死了駱駝的最後一根稻草，本來就多病纏身的老莫，最終在花甲之年與世長辭。

老莫的過世讓羅宇龍想起了之前做過的夢，那個眼珠子被挖出的惡夢。

或許……這個夢代表的就是一種惡兆吧，一種即將會出事的惡兆。

在怪事與不順雙重夾擊下，羅宇龍覺得自己的情緒變得不太穩定，脾氣越來越暴躁的他，和長官及同事之間的關係也變得越來越緊張。

儘管周遭產生越來越多的質疑，但羅宇龍仍堅持自己的路線與判斷，他覺得自己正在做對的事情，他的腦子始終很清醒，他沒瘋！

下班時間，超商休息區座位上，羅宇龍打了通電話給王大同。

「喂，你人還在花蓮嗎？」

「對啊。」

「什麼時候回來？」

「還不太確定，怎麼了嗎？」

「我家最近出了一些怪事，你不能早點回來嗎？」羅宇龍語氣激動起來。

「我在花蓮這裡也遇到了一些困難。」

「什麼困難？」

「我嬸嬸不太願意幫忙，說這件事情太陰太邪，如果處理得不好的話，連她自己可能都會被捲進去。」

「這麼嚴重？」

「我現在還在勸說我嬸嬸，再給我一點時間。」

「好吧……」羅宇龍盡力壓下自己上升的情緒，說道：「那等你回中部，我再跟你好好聊聊我家最近發生的怪事。」

「好。」

等接到王大同的消息，已經是兩天後的事了。

「喂，事情有新進展了！」電話那頭，王大同語帶興奮說道。

「怎麼了？」羅宇龍背靠在臥房貼床的牆壁上。

「後來我孅孅同意牽亡魂了！我從死者口中問到謝冠勳發瘋的原因。」

「哪個死者？」羅宇龍急切地問。

「他老爸，謝政明。」

「嗚啊啊啊啊啊啊啊！」

就在這麼關鍵的時刻，電話那頭的王大同突然鬼吼鬼叫起來。

「怎麼了？」羅宇龍被王大同怪異的舉動搞到心跳加速。

「沒事，剛剛一隻蟑螂跑到我身上來。」

「呼～你是想害我心臟病發作嗎？」聽王大同這麼說，羅宇龍高懸的心才放了下來。

「剛剛說到哪裡了？」王大同問。

「剛剛說到你從謝政明口中得知他兒子發瘋的原因。」

「對，其實剛開始我先招謝冠勳的魂，但它無論如何也不願上來陽間說句話。」

「嗯嗯，所以？」

「所以我只好亂槍打鳥，在連續問了好幾個亡魂後，謝政明終於願意上來陽間和我對話，然後……」王大同清了清嗓子，繼續說下去：「我從他口中得知，謝冠勳曾經陪出車禍的朋友徐家樂去某間宮廟拜拜，回來之後人就變得怪怪的，彷彿像是中邪那樣，此外徐家樂也是藉由旁人介紹才認識這座宮廟，總之……一切就像是老鼠會一樣，一個牽一個、一個傳一個，到後來像滾雪球一樣越滾越大，而這也證明了小蟲的死因絕非單純，他跟謝政明這些被殺死的人一樣，他們都知道或想阻止某些祕密，而這些知道或想阻止祕密的人，最後通通都要死！」

「那宮廟的位置呢？到底在哪裡？」羅宇龍口乾舌燥起來。

「這間宮廟很神祕，所以謝政明也只知道這間宮廟約略的地點，看樣子是在夢谷瀑布那附近，詳細等我回來之後再深入查查。」

「好，我有空也追查徐家樂的下落，總之我們先分頭行事，有什麼最新線索，記得第一時間告知對方。」

「沒問題。」

說完，羅宇龍掛上電話。

就在羅宇龍從床上起身想用電腦時——

他發現母親面無表情站在他的身旁。

「嗚啊啊啊啊！」羅宇龍嚇得跌坐回床上。

「媽……妳怎麼進房間沒敲個門！」羅宇龍面色鐵青。

母親也沒說話，就這樣靜靜地把房間裡面的垃圾桶拿出去倒。

看著母親離開的背影，羅宇龍心情久久無法平復。

晚上睡覺前，羅宇龍小心翼翼地把房門反鎖，以免發生什麼可怕的事情。

25

半夢半醒間，羅宇龍感覺有個東西在臉上輕輕地來回滑動，這個東西尖尖的、刺刺的、冰冰涼涼的。除此之外，自己的喉嚨像是得了重感冒那樣腫痛得要命，就連吞嚥個口水都覺得困難。

睡眼惺忪的羅宇龍睜開眼睛，結果發現剛剛那個在自己臉上來回滑動的東西，居然是美工刀！三個看起來凶神惡煞的男子，不知何時進來房間，其中為首的那個最為年長的中年男子，正拿著美工刀在羅宇龍的臉上來回刮動！

出於驚恐，羅宇龍想大喊出聲，但卻發現喉嚨就像是打了死結般，連半句話都說不出口，只能發出呃呃呃呃的怪聲。

隨著氣氛緊繃到最高點，這三個男子突然就像空氣般消失不見了，整個寢室又只剩下羅宇龍一個人。

所以剛剛那個是……自己的幻覺嗎？

回想起來，剛剛這三個男子陌生中帶有一點眼熟，但羅宇龍一時之間又想不起來在哪裡看過這些人。

強忍住喉嚨的疼痛，羅宇龍想下床開大燈，卻發現房間的電燈在切換後就再也不會亮了，就在他不斷嘗試的時候……

遠方傳來莫名的水流聲，聽聲音是來自廚房的水槽。

奇怪，現在家裡不就只剩他和母親兩個人嗎？如果不是自己的話，那難道是母親半夜又起床做些讓人難以理解的反常行為嗎？

滿腹疑惑的羅宇龍用手推開半掩的房門，他走出房間查看，結果在廚房入口發現母親背對自己，正看著廚房的水槽發呆。

呃呃、呃呃。

儘管已十分努力，但羅宇龍還是說不出話，所以他只能緩步向前，期盼藉由靠近母親來看清楚對方現在到底在幹嘛。

距離母親不到一公尺距離時，羅宇龍似乎聽到她發出細微的呢喃聲，但詳細的字句卻又無法聽得很清楚。

在呃呃聲及水槽流水聲交互混雜下，羅宇龍來到母親的正後方，她依舊如同先前那樣，繼續低頭呈現喃喃自語的模樣。

幽暗裡，羅宇龍伸出右手，準備從後方拍拍母親的肩膀……

「哇啊啊啊啊啊啊啊！」

羅母咆嘯一聲，轉身將羅宇龍壓制在地上，她就像是發了瘋般，使勁地用雙手掐住自己親生孩子的喉嚨。

「嗚……」羅宇龍想將母親的手扳開，但她的手就像是強力磁鐵般緊緊吸附在羅宇龍的脖子上，怎麼樣也分不開。

掙扎中，透過細微光線的照耀，羅宇龍看清楚了這人的臉龐……

不，這不是他的母親。

對，這不是他的母親，而是一個穿著、身材及髮型各方面都和母親相同，但臉卻大大不同的人！

這是一個年輕女子的臉，儘管相貌看起來還算清秀，但她的表情兇暴，眼神也帶有瘋瘋癲癲的感覺，種種散發出來的氣息，讓羅宇龍全身上下都寒毛直豎。

「嚕嚕……」披頭散髮的女子，像是癲癇發作般胡亂抖動。

嗚……

嗚……

啊！

在大叫一聲後，羅宇龍從床上彈起。

房裡烏漆墨黑，牆外傳來的，則是細細的流水聲。

驚甫未定的他，下意識轉頭往房門的方向看去，但房門這次卻如同睡前那樣緊緊關閉著，絲毫看不出一點異狀。

看到房門緊閉，羅宇龍緊繃的情緒稍微放鬆了一些，他吞了吞口水，但卻在吞嚥口水的時候，意外發現自己的喉嚨居然不痛了。

回想之前發生的畫面，羅宇龍不自覺地出手撫摸自己的臉頰，在撫摸的過程中，他感覺到臉上似乎帶有些微粗糙的觸感，同時還發出輕輕的刺痛。

開燈照了照鏡子檢查，羅宇龍發現自己的臉頰居然帶有幾條淡淡的刮痕！

那刮痕雖然不至於到出血的程度，但還是讓臉頰上的皮膚受到了些許的磨損。

難道說……剛剛那三名男子進到房裡的畫面不是夢境，而是真實？

想到這裡，羅宇龍連忙又抬頭照了照自己的脖子，結果發現自己的脖子同樣帶有兩條淡淡的勒痕！

面對這種情況，羅宇龍忍不住倒抽一口冷氣，因為他難以相信這樣的怪事居然活生生讓自己撞見。

此時，那廚房的水聲又變得清晰了起來。

努力收拾好情緒，羅宇龍起身往廚房走去，在長廊裡伴隨他的，是無盡的黑暗。

穿過客廳，羅宇龍小心翼翼來到廚房，但和之前不同，這次廚房裡面一個人也沒有。

關上水槽水龍頭的開關，羅宇龍的心情依舊無法平靜，他眉頭深鎖看著水槽，內心滿是忐忑不安。

26

隔天一大早，羅宇龍聽到房門外傳來沉重的腳步聲，看來是母親又出門去了。

確認母親不在屋內後，羅宇龍來到巧巧的房間搜尋，經過一陣翻箱倒櫃，他找到了巧巧之前畫的那些圖畫。

把畫紙拿出來看的瞬間，羅宇龍看到了熟悉的面容——

圖畫裡和羅母講話的長髮女子，以及待在屋內的三個目露兇光的陌生男人……就是自己昨晚夢到的人！

或著應該說……這些不是「人」，而是「鬼」。

在怪事頻傳下，羅宇龍打電話給王大同。

「喂，你到底跑到哪裡去了？」電話才接通，羅宇龍劈頭就問。

「別急，我才剛回彰化沒多久，現在人在圖書館查資料。」

「我當然急，我家裡好像被不乾淨的東西入侵，現在連我媽似乎都中邪了。」

「我現在手上有些事情需要釐清，晚點我會打通電話給你，再等我一下，一下下就好。」

說完，王大同匆匆忙忙掛斷電話。

看著結束通話的手機，羅宇龍一時半刻也拿不定主意。

時間一分一秒過去，很快地，窗外的天際已經被火紅的夕陽給染色。

羅宇龍待在屋內乾等，但怎麼等也等不到王大同的回電。

「這麼緊急的關頭，王大同這傢伙到底在忙什麼？」各種猜測塞滿羅宇龍的腦袋。

焦慮不已的羅宇龍開始在房間裡面來回踱步，但越想卻是越心煩意亂，最終，他忍不住在房內大吼出聲。

這一吼，連羅宇龍自己都愣住了。

的確，自從經手許克華與謝冠勳這兩個案子後，他都覺得自己慢慢變了，變得暴躁易怒、變得疑神疑鬼、變得歇斯底里……對，上述這些特質都不太像以前的他，但這些轉變，並不是因為內心最深處那個善良的自己改變了，過去那個善良執著的羅宇龍還在。相反地，正是因為他沒有拋棄以前的善良、沒有選擇閉上雙眼視而不見，所以當看到什麼或發現什麼危機時，他想挺身而出解決這一切，他選擇依循良知努力不懈地繼續查案下去，最終才把自己置於今天這樣危險的境地！

只可惜……長官不懂他，而他的同事們也不懂他，所以在這些人的眼裡，自己成了一個行事極端的瘋子，就像瘋瘋病人那樣，光看到就足以讓人退避三舍。

想到這裡，羅宇龍無力地癱倒在床上。

眼見太陽已下山，羅宇龍決定重新振作，他不想再繼續空等下去，儘管接下來的行為帶有冒險的成分，但他下定決心要趁母親還沒回家之前，進去她的房裡證實自己的猜測。

準備好棍子、辣椒水等防衛器具，小心翼翼的羅宇龍，一步步往母親的房間走去。

短短不到二十公尺的距離，此時竟是如此地窒礙難行，在那長廊盡頭的一片漆黑裡，所散發出來的是未知的恐懼。

當羅宇龍站在母親房間門口時，他先深呼吸了幾下，待自己確定準備好了，羅宇龍才緩緩將房間的門把轉開。

嘎——

打開的瞬間……

轟！

一道刺眼的紅光映射在臉上，照得羅宇龍本能性地瞇起眼睛來。

瞬間，他想起了這個熟悉的場景是出自於何時。

沒錯，就是當初和劉敬明一起進到謝冠勳房間時，那些類似祭壇的詭異燈光及擺設。

紅光、符咒、符水、祭品、經文……

一切都是如此驚人地相似。

但跟當初謝冠勳房間擺設最大的差異是，母親房裡多了尊神像，那是尊二郎神像！

看到這些畫面，羅宇龍心中頓時冒出滿滿的自責。

對，在公領域，或許他是個稱職的好警察，但在私領域，尤其是關心自己家人的這件事上，他卻是個失敗者。

這些日子，他的母親早已生變，但他卻混然不覺，母親所散發出來的異狀，部分其實是入了邪教所致，而他卻還單純地以為這只是失智症的症狀。

想到這裡，一股哀傷的情緒又自羅宇龍心頭產生。

走到供桌前面，他開始仔細端詳這座神像的外貌。

頭戴鑲嵌寶石金冠、全身披掛金身鎧甲的二郎神坐在L型棕色石椅上，原本應是帶有嚴肅威武氣息的神明，卻因為雕像臉上裂了幾條細縫，而讓整座神像破相，進而散發出一股陰邪冰冷的感覺。

看著看著，羅宇龍竟不自覺地打起冷顫來。

眼見氣氛如此詭異，羅宇龍走到牆邊想切換房裡的燈光，他按了一下電燈按鈕，房裡瞬間陷入一片漆黑。

再按一下按鈕，房間又恢復到之前那樣的紅光。

漆黑、紅光。

漆黑、紅光。

不知為何，母親的房間只剩下一種顏色的燈光，但他記得以前還有像日光燈那樣的白光啊……

「怪了，怎麼會這樣呢？」羅宇龍焦急地來回切換電源。

啪！

無預警的情況下，電燈怎麼按都不亮了。

就在羅宇龍拿出隨身的手電筒，想檢查到底哪裡出問題時……

他發現剛剛擺在供桌上的二郎神像，居然不見了！

深怕是自己看錯，羅宇龍將手電筒的燈光開得更大一些。

不，他沒看錯，神像真的不見了！

千真萬確！

在手電筒四處照射下，羅宇龍的腳好像踢到了什麼硬硬的東西。

他將手電筒燈光循著感覺向下照去——

剛剛那座二郎神像就在腳邊看著自己。

「嗚啊！」

面色鐵青的羅宇龍，不自覺地狠狠倒退了兩步。

穩住陣腳後，他目光緊緊盯著地上的二郎神像，但那座破相的神像靜靜地佇立在地面，絲毫沒有任何異狀。

羅宇龍吞了吞口水，慢慢地往神像靠近，就在距離神像不到三十公分距離時……

一陣連續的震動聲劃破周遭寧靜的空氣。

將手電筒放在桌上當成照明，羅宇龍接起手機。

「喂。」

「喂，我找到那座宮廟的位置了！」電話那頭傳來王大同興奮的嗓音。

「你突然這樣打來，嚇到我了。」

「不好意思、不好意思。」

「怎麼找到的？」羅宇龍言歸正傳。

「我把夢谷瀑布當成中心點擴散，搜尋這附近的地方新聞，結果發現在二十年前的某天，有一群被通緝的精神病殺人犯在古葉村深山自殺！」

「精神病……殺人犯？」

「對。」

「你說的精神病殺人犯，是不是三個男的、一個女的？」羅宇龍焦急詢問。

「你怎麼知道？」王大同發出訝異的聲音。

「我當然知道，因為這陣子我家發生的一些怪事，包含女兒畫的圖案、晚上做的怪夢，通通都指向這四個詭異的陌生人。」羅宇龍口沫橫飛說著。

「看來你家可能已經被邪靈入侵了。」王大同說了一些邪靈入侵的徵兆，例如家中出現莫名的臭味或怪聲、頻繁做惡夢、原本存放的東西毀損或被搬走……等等，這和羅宇龍這段時間遇到的怪事都不謀而合！

在羅宇龍思索的時候，王大同又繼續說：「這群人自殺的地點在廟裡，這是一座廢棄已久的小廟，原本裡面供奉的是二郎神。我請嬸嬸請示過神明，這幾個邪靈躲在神像裡面，透過神像或經文等物品來蠱惑人心，長時間近距離相處、心靈帶有缺口或欠缺思辨能力的人尤以為最。邪靈需要常人的血來供養，所以他們會定期在極陰之時開祭祀大會，透過信徒的鮮血來供奉邪靈。」

「所以這就是所謂的極陰之時，拜見神明？」羅宇龍想起了自己做過的夢。

「對，這是個瘋魔神像，一群不知情的人把鬼當成神在拜！中邪的人後來都會精神失常導致發瘋！我嬸嬸算過二十年前的那場命案，案發時辰是極陰之時，而明天剛好也是極陰之時，想必到時還會再有人犧牲！」

「那怎麼辦？我在我媽房間也找到神像、符咒、符水這些東西。」

「你找到的神像，也是個二郎神像？」

「對，一個破相的二郎神像。」

「你現在人就在家裡面？」王大同問道。

「對，就在我媽房間裡面，我一直等不到你的回電，所以趁我媽出門的空檔，進去她的房間裡面看看有沒有什麼古怪的東西，那你呢？」

「我人還在圖書館，正準備要離開。你先把家裡地址傳給我，我等等開車過去找你。」

「好。」羅宇龍將自己的地址告訴王大同。

「對了，放在你家的那個神像，應該只是分靈，不是正神，要把正神毀了才能根本解決問題，但為了保險起見，你現在還是先把這些神像經文全燒了。」

「喔喔。」

「記得，能燒的儘量都燒掉，不要留下。」王大同再三叮嚀。

「好。」

「那等等樓下門口見面。」

「你到了打電話給我？」羅宇龍詢問。

「對。」

27

和王大同通完電話，羅宇龍開始在房間裡面地毯式搜索，他先把這些物品整理好，再把它們通通丟進超大型的黑色垃圾袋裡面。

將打包好的垃圾袋放在牆角，羅宇龍又在房間內反覆確認了幾次，直到確認沒任何遺漏，他才提著垃圾袋離開母親的房間。

步出公寓，羅宇龍再次差點和鄰居坤叔撞上。

「怎麼整天老是慌慌張張的？」坤叔放下菸，皺起眉頭看著他，一切就跟上次野放黑貓的情況很相似。

「有事要忙。」羅宇龍百忙中擠出一絲微笑。

「忙什麼？」看了他一眼，坤叔又提起菸來抽。

「家裡大掃除，有些東西要丟。」

「是嗎？」坤叔低頭瞄著羅宇龍手上的那袋垃圾。

「不好意思，還有其他事要忙，所以先離開了，改天再聊喔。」

隨便找了個理由，羅宇龍快步離開現場，只留下待在原地，一頭霧水的坤叔。

按照羅宇龍現在的想法，他先把手上這些垃圾拿到附近的一處空地焚燒，等確認神像之類的邪物都燒毀後，他再和王大同會合討論接下來要怎麼阻止邪教繼續為亂作惡。

此時戶外已夜幕低垂，在星星與月亮的照耀下，滿頭大汗的羅宇龍來到空地，他打開垃圾袋，並將裡面的東西一個個丟到地上。

神像、符咒、經文……

小心翼翼堆疊好，羅宇龍將汽油從礦泉水瓶子裡倒出，淋在這些邪物上面。

環顧四周，附近並沒有看到其他人走動，羅宇龍從口袋裡面掏出打火機及火柴。

咚一聲，點燃的火柴從羅宇龍手中掉落，透過汽油的助燃，火勢迅速在邪物中蔓延，並發出陣陣濃煙。

大火裡，符咒和經文等小物迅速燒毀，然而那破相的二郎神像，儘管其他部位已經快要燃燒殆盡，但那顆破相的二郎神頭，不知為何仍火燒不盡，用炯炯的眼神緊緊盯著他。

和神像對視的羅宇龍，心中突然產生一股異樣的感覺。

好在隨著時間不斷流逝，二郎神像的頭逐漸發黑、燒毀，直至最終消失在羅宇龍的視線當中。

看著這些邪物通通燒毀殆盡，羅宇龍終於稍微鬆了口氣。

啪！

一道黑影從視線角落閃電竄出，瞬間已經將羅宇龍壓制在地上。

青筋暴凸、面目猙獰的臉孔在黑暗中若隱若現。

掙扎中，羅宇龍看清楚了冒出來的這個人是誰……

是阿秋姨！

是那個從小就住在自己樓下，看著自己長大的阿秋姨！

而那在黑暗中反光的長條尖銳物體……

是刀！

是把銳利的水果刀！

「痾啊啊啊啊啊啊啊啊！」鬥雞眼的阿秋姨左手掐喉、右手持刀步步進逼，她呈現出來的力氣和瘦弱的體型呈現巨大的反差，那強烈的壓迫感，讓羅宇龍快要喘不過氣來。

「阿秋姨，妳醒醒！」在地上的羅宇龍出聲示警。

然而，晃動著米粉頭的阿秋姨，彷彿像是發了瘋般，不只聽不進羅宇龍的話語，還變本加厲地掐得更緊。

「你褻瀆神明！你褻瀆神明！」阿秋姨咆嘯著。

在退無可退的情況下，羅宇龍只能選擇轉守為攻，他從口袋掏出瓶裝的辣椒水噴霧劑，朝阿秋姨眼睛噴去。

「啊啊啊啊啊！」摀著眼睛的阿秋姨倒退幾步。

幾乎就在差不多的時間點，有兩個人提著刀子從不遠處出現——是阿秋姨的老公坤叔，以及他們剛退伍沒幾年的兒子進成。

「嗚啊啊啊……嗚啊啊啊……」

雙眼眼珠子上吊的坤叔，和眼歪嘴斜、雙手亂晃的進成，以一前一後的態勢往空地跑來。

中邪了！他們都中邪了！

但重點是……他們並不覺得自己中邪，相反地，在他們的眼裡，羅宇龍才是那個被髒東西附身，需要被淨化的人！

看著手上的辣椒水，羅宇龍自忖光憑這個辣椒水，並無法以孤身之力和三人抗衡。

就在羅宇龍猶豫該不該使槍的時候，一台白色轎車停在空地另一頭的柏油路上，隨後，車窗緩緩降了下來。

是王大同。

「快上車！」隔著車窗的王大同，對著還待在空地的羅宇龍高聲呼喊。

眼見情勢危急，羅宇龍三步併作兩步往車子奔去。

「小心！」

正當羅宇龍進入前座，把車子的門用力關上時——

趁著車窗還沒關上的空檔，坤叔上半身鑽進了車子裡面。

「啊啊啊啊！」

羅宇龍本能性地按下車窗鈕，然而此時坤叔早已有一半的身體進入車內，關上車窗只是讓他卡在中間，卻無法讓他離開這台車子。

「你們這些歹物仔！你們這些歹物仔！」操著台語的坤叔，亮著刀子在車內到處亂劃。

慌亂中，刀鋒多次進逼羅宇龍的身體，如果再精準一點的話，恐怕就真的要見血！

「我先開車！」面紅耳赤的王大同催動油門。

一陣烏煙發出，車子以慢慢加快的速度駛離原本的空地，儘管已經逐漸甩開在後面的阿秋姨及進成兩人，但被車窗夾住的坤叔依舊持著刀子亂劃，過程中羅宇龍用辣椒水噴了幾次，但這並未使坤叔退縮，反而引來他更強烈的反抗。

「你先將車窗降下來。」手握方向盤的王大同看著前方，「前面有個轉角。」

羅宇龍猜測到王大同的意思，他將車窗降下，原本有半個身體留在車內的坤叔，此時因為重力而絕大部分身體掉出車外，只剩一雙手緊緊扳著車窗跟著跑。

趁著車子行經轉角處，王大同來個絕命大甩尾，在離心力的作用下，坤叔整個人被甩離出去，飛到了十多公尺外的人行道上。

眼見擺脫糾纏，兩人終於鬆了口氣。

駛經河濱公園，王大同停下車來。

「剛剛真的是……有驚無險。」王大同面色蒼白、眼神渙散地看著前方。

「還好你及時趕到，不然我凶多吉少。」羅宇龍心情依舊未平復。

「那些人你認識嗎？」王大同問。

「我的鄰居夫妻檔，阿秋姨跟坤叔，還有他們的小孩進成。」

「沒想到……那我說的那些邪物，你都燒掉了嗎？」

「嗯。」

「神像呢？」

「也是。」

「可能是看到你在燒東西，這些信徒才出現攻擊你。」

「信徒？你是指邪教信徒嗎？」

「嗯。」吞了吞口水，王大同繼續說下去：「這些信徒遍佈各地，平時與常人無異地存活著，但當有人知道邪教的祕密、褻瀆神明，或是想阻止這個邪教時，這些人就會現身攻擊，不達目的誓不罷休……」

「那這下糟了，我們兩個都有危險了。」羅宇龍看著王大同。

「事情都到這地步，也只能見招拆招了。」

「我記得之前在電話裡面，你有說要把正神毀了才能根本解決問題，那個正神是在你說的那座宮廟裡面？」

「對，每當極陰之時舉辦祭祀大會時，他們就會把正神神像拿出來，用犧牲者的鮮血來供奉邪靈。」

「極陰之時是幾點？」

「丑時，半夜三點，也就是它們當初自殺的時間。」

「現在距離丑時還有點時間。」羅宇龍低頭看了看手錶，「從這裡到夢谷瀑布大概一個鐘頭，在這之前，我們先回警局一趟，看長官願意出多少人力支援。」

「也可以。」

28

回到警局時，辦公室內只剩零零星星的員警在值班。

「老大在裡面嗎？」一進辦公室，羅宇龍劈頭就問。

盯著電腦螢幕的彥辰一副愛理不理的樣子，在點了點頭後，又繼續嚼著他的口香糖。

「那我們趕快進去。」

「等等。」

兩人才準備往長官的辦公室走去，另外一位同事坤霖，已經出面將王大同擋了下來。

「不好意思，你不能進去裡面。」

「為什麼？」羅宇龍看著坤霖。

「他已經不是警察的身分，所以不能隨便進去。」

「這……」對於坤霖說的話，羅宇龍感到難以置信，他轉頭詢問王大同：「這是真的嗎？」

經過一陣短暫的沉默，王大同面紅耳赤點了點頭。

「為什麼？」

「他因為行為不檢、行事異常，單位評估他不適合再繼續擔任警察的職務，所以前陣子已經被開除了。」坤霖代替王大同回答。

「這……好吧！」為了避免事情繼續拖延下去，羅宇龍轉頭告訴王大同：「不然你先留在這裡等，我進去跟長官談談。」

「也只能這樣了。」王大同一臉無奈。

以單槍匹馬的態勢，羅宇龍進去長官宋興邦的辦公室。

待坐定位，羅宇龍向宋興邦講述了整件事情的概況，在羅宇龍劈哩啪啦講了一堆後，宋興邦面無表情喝了口茶。

「宇龍。」宋興邦看著羅宇龍，「你沒注意到一件事情嗎？」

「什麼事情？」

「你剛剛說的什麼牽亡魂之類的方法，這些都是旁門左道，在講求科學的二十一世紀來看，是非常荒謬可笑的。」

「老大，我知道你一時之間可能難以置信，但這些離奇的怪事就真的活生生發生在我的身上。」

「你說的這些，什麼家裡出現怪聲、有黑貓出現、母親失智症加重……這些都不能百分之百代表什麼，你懂我的意思嗎？同樣一件事情，可以有很多種不同的解讀方式，而你好的不學，偏偏學到王大同那套怪力亂神的辦案方式。」

「就算生活上的一些小事無法證明什麼好了，但那個二十年前的古葉村自殺案，卻是真的曾經發生過，對吧？」

「真的發生過，那又怎麼了？」宋興邦兩手一攤，「這附近曾經發生過的刑事案件，多到難以計數，你剛剛說的那個殺人犯自殺案，不過就只是許多案件裡面的其中一個而已，你太大驚小怪了。」

還沒等羅宇龍回應，宋興邦接著又說：「你有沒有發現一個盲點？你講的這些事情都是斷裂的點，彼此之間沒有強力的連結，換句話說，你推斷案情的方式是跳躍式的。」

「什麼意思？」

「舉個例子來說好了，古葉村的小廟發生殺人犯自殺案件，不代表這些人死後真的變成邪靈附身在神像上面，這完全沒有科學證據支撐！同樣的，許克華和謝冠勳的案子，也沒有任何證據證明他們真的中邪，然後你說的什麼謝冠勳陪出車禍的朋友去廟裡拜拜，回來之後中邪亂殺人，這居然是透過牽謝政明的亡魂時，從他口中所得到的消息？」

「荒謬！這太荒謬了！」宋興邦罕見地動起怒來，不過可能意識到自己語氣有點激動，他緩和了一下情緒後，才緩緩說道：「宇龍，我覺得你變了，這不像以前的你，以前的你不是這個樣子的。」他用擔憂的眼神看著羅宇龍，好似自己是個醫生，而羅宇龍是個病人。

隨後，兩人陷入快一分鐘的沉默，直到羅宇龍開口打破凝結的空氣：「就算上面這些沒有科學證據好了，但我剛剛燒掉邪教物品的時候，有被鄰居一家人攻擊。」

「你說你被攻擊，那你手上有證據嗎？」

「我……」被宋興邦這麼一問，羅宇龍愣了一會，「雖然沒拍下被攻擊的影片，但路邊的監視器應該有錄下當時的影像。」

「你先在這裡等一下，我請阿仁調閱那個區域的影像。」

說完，宋興邦起身離開座位。

過沒幾分鐘，宋興邦又回到辦公室裡面，穿過羅宇龍的身旁坐下。

「剛剛我請阿仁調閱監視器，結果發現那附近的幾個監視器都被破壞了。」

宋興邦雙拳互握，一臉嚴肅。

「怎麼會這樣……」對於這個結果，羅宇龍感到晴天霹靂。

「可能之後要再查查，看是誰蓄意破壞的。」

「來不及了……老大！根據靈媒估算，明晚丑時就是極陰之時，他們會在這時候舉行祭祀大會，透過信徒的鮮血來供奉邪靈，所以我們要在他們殺人之前阻止這件事情的發生，不然會有更多人因為這個邪教而犧牲！」

「宇龍，你從剛才通篇說了這麼多，但卻拿不出任何證據來證明世上是否真的有這個邪教存在，不是嗎？」

「我……」羅宇龍的嘴巴像是被塞了團棉花一樣說不出話來。

「我們是警察，不是小說家，沒有證據的事情是不能胡亂推斷的。」

「但我剛剛真的被三個瘋子攻擊，這是千真萬確的！」

「喔喔。」從宋興邦顯露出來的表情來看，羅宇龍並不覺得對方有相信自己的說法。

「你說自己被攻擊，那有傷口嗎？給我看看。」

「呃，沒有。」羅宇龍一顆心沉了下來。

「對啊，所以不是我故意刁難你，是你從頭到尾講的東西都太怪力亂神，缺乏事實佐證，讓我即便想幫你，也找不到使力的空間。」

就在兩人陷入沉默的時候，宋興邦提出一個辦法：「不然這樣好了。」

「怎麼做？」

「等等你先過去查看，如果有看到什麼異常的人事物，就把這些畫面拍下來回傳給我，我會派人過去支援你。」

聽宋興邦這麼說，羅宇龍猶豫起來，但在沒有其他更好選擇的情況下，他也只能勉為其難地點了點頭。

29

「怎麼樣了？」待羅宇龍步出長官辦公室，王大同上前詢問。

羅宇龍將宋興邦的意思轉述給王大同聽。

「你覺得如何？」羅宇龍看著王大同。

「雖然這作法有點敷衍，但既然他這麼說，那就也只能先這樣子做了。」王大同無奈地聳聳肩。

將東西收拾好，兩人離開警局回到王大同的停車處。

走到停車格，王大同打開車後座，拿出放在裡面的幾把手槍。

「這個是？」羅宇龍摸著手槍。

「這是裝有橡膠子彈的手槍，在上次回花蓮的時候，我請嬸嬸用符咒加持過。除此之外，這些子彈還用符水泡了七七四十九個小時。」

看到這些手槍，羅宇龍就想到王大同隱瞞自己已經離職的事。

或許是猜中羅宇龍的心思，王大同臉上浮現尷尬的表情。

「這事如果傳了出去，我們兩個都要倒大楣！」羅宇龍看著對方。

「你還願意……相信我嗎？」嘟著嘴巴的王大同，用斜眼瞄向羅宇龍。

「上車吧。」羅宇龍僅僅用簡短的三個字，表達了自己對夥伴的信任。

轟隆一聲，油門催動。

30

從警局前往古葉村深山有一大段路程，原本路上還有零星的商店及人煙，但到了中半段以後，沿途是越來越荒涼，那蜿蜒曲折的山路、漆黑神祕的竹林及隨風搖曳的柳樹，讓整體氣氛像極了靈異小說裡面所描述的場景。

車內，羅宇龍回想剛剛在警局和宋興邦的談話。

那些破壞監視器的人……究竟是誰呢？

另外，母親離開家裡後，也會前往這個邪教大會嗎？

種種疑惑布滿羅宇龍腦中。

就在羅宇龍思考的時候，原本急駛中的車子震動幾下，並停了下來。

「發生什麼事了？」羅宇龍看著王大同。

「我也不知道，輪胎好像漏氣了。」

「我下去看看好了。」說完，羅宇龍下車檢查車子。
下車檢查發現，果然就如王大同所說，車子一前一後共兩個輪胎，被不知道是什麼的尖銳物刺中，所以爆胎了。
漆黑中，羅宇龍把這兩個尖銳物從輪胎中抽出。
仔細一看，是細細長長的鐵釘。
「怪了，怎麼會這麼不巧呢？」羅宇龍面色凝重看著。
「怎麼了？」隨後下車的王大同來到身旁。
「輪胎被鐵釘刺中，爆胎了。」羅宇龍把手上的鐵釘遞給王大同看。
「這些鐵釘可以這麼精準地扎進輪胎裡面，也是神奇。」王大同仔細端詳著這些鐵釘。
「莫非又是信徒搞的鬼？」
王大同沒直接回答羅宇龍的問題，只是轉頭問道：「你會換輪胎嗎？」
「還行。」
「那好，我車上有備用的輪胎，我們就一人換一個，這樣可以嗎？」
「嗯嗯。」

說完，王大同打開車後座，拿出備用的輪胎給羅宇龍。

正當羅宇龍輪胎換得差不多的時候，另一頭傳來王大同的呼喚聲。

「欸。」

「怎麼了？」羅宇龍瞄了王大同一眼。

「我剛剛看到竹林那邊有個人影，只是這人背對著我，所以我無法得知他的長相。」王大同煞有其事地說道。

「真的假的？」

「真的，我反覆看了幾次，應該不是看錯。」

「在哪？」羅宇龍循著王大同手比的方向看過去。

然而，那裡除了深邃的漆黑外，根本連半個人影都沒看到。

正當羅宇龍專注地觀察竹林內的動靜時，背後傳來王大同詢問的聲音。

「欸，你輪胎換好了嗎？」

「換得差不多了。」羅宇龍回頭撇了對方一眼。

「我這邊也換好了，我看我們趕快離開這個地方吧，免得節外生枝。」

待羅宇龍回到車內，王大同踩動油門準備駛離原地。

「等等。」羅宇龍看著右側車門的後照鏡。

「怎麼了？」

「我也看到了……」羅宇龍眼睛瞪得大大的，「有個人站在竹林裡！」

「就說了吧，剛剛我就有看到。」

「但這個人站在竹林比較深處的地方，所以我看不清楚這個人的樣子。」

「我剛看到的那個應該是個男生，短髮、瘦高、穿著黑白色籃球短T恤，除了脖子上有塊胎記比較顯眼外，其他就跟平常在運動公園看到的年輕男生差不多。」說到這裡，王大同疑惑地看著羅宇龍：「你表情怎麼怪怪的？」

「你剛剛描述的這些特徵……」羅宇龍眼神閃爍。

「怎麼了？」車子開始緩緩行駛。

羅宇龍眼神又閃爍了幾下。

「到底怎麼了？」

就在王大同轉頭看著羅宇龍的時候，羅宇龍口中突然迸出一句：「啊那不就是阿秋姨的兒子，進成嗎？」

「什麼！」

王大同才剛脫口而出這句話，突然有個飛速的人影衝出來擋在路中間。
這人雙手張開呈現大字型，顯然就是衝著兩人而來。
這突然的態勢讓王大同手抖了幾下，瞬間，車子失控呈現打滑的狀態。
就在車子打滑靜止後，他們看清楚了擋路的這個人是誰——
是阿秋姨！
是那幾個小時前，還拿水果刀追殺他們的阿秋姨！
披頭散髮的阿秋姨，正擋在路中央歇斯底里地鬼叫。
呃呃呃呃啊啊啊啊……
奇怪的聲音從耳邊傳來，原來是滿臉鮮血的坤叔隔著車窗看著他們。
「快離開這裡！」羅宇龍對著王大同大吼。
「油門發不動啊！」王大同狂催油門，但車子卻像是拋錨似地定在原地。
砰！砰！砰！砰！
提著刀的坤叔，一邊露出詭異的笑容，一邊用額頭猛烈地撞擊車窗。
「我看換我來試試看好了！」眼見情勢危急，羅宇龍提出要求。
就在兩人換位的時候……

啪啦！

帶有殺傷力的碎片，伴隨著清脆的聲響傳出。

一隻血淋淋的粗手臂從車窗外頭伸了進來，抓住王大同的肩膀。

「啊啊啊啊啊啊！」兩人馬上展開纏鬥。

「去死啦！」纏鬥中，王大同朝坤叔開了一槍。

砰！

原本張牙舞爪的坤叔，在中槍後踉踉蹌蹌跌進草叢，並陷入昏死的狀態。

「我發動了！」隨著汽車引擎聲響起，羅宇龍心中的壓力也減輕了不少。

「對不起了，阿秋姨。」眼見阿秋姨朝車子正面撲來，羅宇龍也只能抿緊嘴唇狂踩油門。

在正面衝突下，車子就這樣硬生生將阿秋姨撞翻到車後去。

就像是一包被丟棄的垃圾，阿秋姨彈飛到了不知名的角落裡。

將阿秋姨撞翻後，羅宇龍也不打算回頭查看，就這樣直挺挺朝著邪教宮廟奔馳而去。

畢竟……血祭大會已迫在眉睫！

「欸，宇龍。」在羅宇龍認真開車的時候，剛經歷一場打鬥而顯得有點狼狽的王大同，忍不住搔了搔自己的下巴。

「怎麼了？」

「有件事情我想不透。」

「什麼事？」羅宇龍依舊認真地開車。

「剛剛我們看到阿秋姨跟坤叔衝了出來，那進成呢？照你說的，我在竹林裡看到的那個人，應該是他啊。」

「誰知道，鬼才曉得答案吧。」

「我在想……會不會他跟著我們上了車？」王大同一臉認真。

「不要亂嚇人啦！」儘管表面上嘴硬，羅宇龍仍看了車前座的後照鏡一眼，但根據鏡子顯示，後座那裡一個人也沒有。

經過反覆的檢查，羅宇龍才鬆了口氣，回想起來，自從捲入這場邪教風波後，自己的個性真的變了不少，變得容易歇斯底里、疑神疑鬼。

想到這裡，羅宇龍無奈地苦笑幾聲。

31

在王大同的指引下，羅宇龍開車來到古葉村深山一處空曠的地點。

「把車停在這裡就好了。」王大同說。

「就是這裡了嗎？」羅宇龍環顧四周。

果然，就在距離停車處不遠的地方，有座宮廟佇立在那裡。

「現在幾點？」羅宇龍問。

「凌晨十二點半。」

「感覺時間不多了，那等等我們要怎麼進行？」

王大同將心中的計畫告訴羅宇龍，在經過稍微討論、修正之後，兩人輪番下車。

正當羅宇龍準備到車後座拿東西時，啪一聲，一陣黑影從車頂上跳了下來！

瞬間，羅宇龍和這團黑影扭打在一起。

啊啊啊啊啊啊啊啊……

是五官扭曲的進成！

這會，羅宇龍終於明白了……

原來早在先前車子打滑的時候，進成就已經偷偷跳到車頂上，等待時機發動攻擊！

「我來幫你！」

已經打開車後座拿好傢伙的王大同，此時回到原地，朝進成噴灑浸泡過符咒的艾草水。

進成發出一陣哀號，接著便倒在地上不省人事。

深怕進成只是裝死，羅宇龍小心翼翼地向前察看。

就在彼此相距不到三十公分距離時，進成突然咻一下眼睛再度睜開，並朝羅宇龍發動攻擊。

好在原本就已經有所防備，羅宇龍迅速轉過身去，撲了個空的進成，一個重心不穩失足跌落到了山坡底下。

羅宇龍和王大同追過去看，進成被一根又粗又尖的樹幹活活插死，那死狀可說是極其悽慘。

看到這情景，兩人無奈地對望了一眼。

努力收拾好情緒，羅宇龍和王大同將各種驅邪物品帶上，並朝宮廟所在的方向緩緩走去。

路程中，王大同遞給羅宇龍符咒加持過的手槍，以及一些備用的子彈。

有了這些傢伙，羅宇龍的心情又稍微篤定了些。

來到宮廟外面，羅宇龍發現正門口有一個看起來像是仙姑的中年婦女站在那裡，似乎是在過濾進出的成員。

「我先拍張照片存證。」羅宇龍拿起手機拍照，並第一時間回傳給長官宋興邦。

才剛回傳完，羅宇龍感覺有人輕拍他的肩膀。是王大同。

「你看，宮廟側門那裡有窗戶可以看到裡面的動靜。」王大同指著前方。

「那我看我們先到那裡察看裡面的狀況，看完後再見機行事。」

「行。」

說完，兩人一前一後偷偷摸摸過去。

透過宮廟側門的門窗縫隙，羅宇龍能清楚地看到裡面的情況。廟裡約莫有三十多個人，這些人雖然各自身著不同的輕便服裝，但皆有一個共同點，他們雙手都比著相同的手勢，那彷彿是個祈禱或祭祀的儀式。

在這場莊嚴的儀式裡，所有信徒的動作高度一致，他們以大拇指尖對大拇指尖、小拇指尖對小拇指尖的方式貼合十指，並用掌心面向胸口的方向比著沙卡手勢，對著前方無形的空氣點頭祭拜，好似那裡有個人正在和他們對話似的。

一切詭異的舉止和氛圍，讓羅宇龍不禁冷汗直冒。

因為眼前這些畫面，和自己之前做過的那場惡夢可說是高度相似。再仔細觀察這三十多個人的相貌，裡面幾乎沒有認識的人，除了自己的母親，她就和其他信徒一樣，待在原地做出同樣的手勢。

趁這個難得的機會，羅宇龍小心翼翼從口袋裡面掏出手機，偷偷拍下幾張照片，接著同樣回傳給長官宋興邦。

一陣關門聲傳入耳裡，原來是宮廟正門已經關上。

「你們已經在宮廟外面了嗎？」宋興邦這時才回訊。

「對，我們現在在宮廟側門，這些是我剛才拍下的照片。」羅宇龍飛快地在手機鍵盤上按下按鈕。

「原來真的有這座宮廟。」

「當然是真的！」對於長官的不信邪，羅宇龍邊按手機邊低聲咒罵。

「不過……光憑這些照片沒辦法判斷太多的資訊，你先持續觀察現場的情況，如果有進一步的狀況，記得第一時間回傳照片給我。」通訊軟體上，宋興邦如此回覆著。

雖然長官的回答一如以往地消極，但眼前正值緊要關頭，羅宇龍也只能先將手機收回口袋，並繼續觀察宮廟裡面的動靜。

「欸，你看他們在幹嘛。」王大同輕拍羅宇龍的肩膀。

由外往內看去，原本隨機遍布在宮廟各個角落的信徒們，突然集中到了最中央的廣場，他們通通面向宮廟的最中心處，彷彿那裡有著什麼不可告人的祕密。

因為原本站著的方位視線被其中一個信徒擋住了，羅宇龍決定更換觀察的位置。

透過新的視角，羅宇龍看到最中心處站著一個中年男子，但這人他完全不知道是誰。

還來不及有更多深入的思考，一個身穿全白道袍的中年婦女從人群中走了出來。

是剛剛在宮廟大門過濾成員的仙姑。

「請新入教的信徒站出來讓法師看看。」仙姑開口說道。

法師？所以這男的是個法師？

耐住性子，羅宇龍繼續看下去。

「是。」在點了點頭後，一男一女共兩個年輕人站到中央空地。

過程中，羅宇龍忍不住打量兩人，他發現這兩人精神萎靡，儼然就像卡到陰或是中邪的徵兆。

「你們叫什麼名字？」法師以帶點模糊的台語口音詢問。

「蕭政遠。」

「方逸琪。」

兩人依序回答。

「結緣多久了？」法師又問。

「半年多了。」蕭政遠先回答。

「快兩個月。」方逸琪接著回答。

「你們知道正式入教的規矩嗎？」法師眼神溫和地看著兩人。

正式入教？

聽法師這麼說，羅宇龍推測這個邪教有外圍及核心等組織，而目前他們所處的，是這個邪教的核心。

「仙姑剛剛有說過。」兩人異口同聲回答。

「入教以後，你們就是正式的信徒，一旦入教就不能脫離，這樣知道了嗎？」

「知道。」

「好，請神明！」法師吆喝一聲。

「呃呃呃呃啊啊啊啊……」整間宮廟發出讓人全身起雞皮疙瘩的呻吟聲。

彷彿摻雜著既畏懼又期待的心態，這些人不斷張牙舞爪仰天發出詭異的叫聲，當全場幾乎所有人都發出這樣的怪聲時，那氣氛足以讓人不寒而慄。

正當整個場面陷入詭異的時候，一陣轟隆聲傳入羅宇龍的耳裡，由外往內看去，他發現宮廟最後方竟然藏著地窖的入口！

在敲鑼打鼓聲伴奏下，原本緊閉的地窖緩緩打開，一群搖搖晃晃的黑影從地窖走了上來。

透過晦暗光影的照射，羅宇龍終於看清楚了……

那是抬轎班，如同廟會慶典上所看到的抬轎班那樣，這四個白衣紅帽的轎伕，正以眼歪嘴斜的表情緩緩前進。

而坐在轎子上面的，是一尊比當初燒毀的那尊更大的二郎神像！

抬轎班遠離後，地窖入口像是具有心電感應般再度關上。

「看來正神出現了。」王大同小聲提醒。

看到正神神像現身，在場的信徒陷入一陣瘋狂。

「呵呵……哈哈……嘻嘻……哈哈……」一位長髮年輕女信徒，像是精神失常那樣擠眉弄眼地傻笑。

「呼呼……嚕嚕……」另一位剃光頭的男信徒，全身上下不停地抖動。

「呃呃呃……啊啊啊……」還有一位胖胖的男信徒，興奮地用沙卡手勢戳弄自己的眼睛。

瘋了！他們都瘋了！

羅宇龍不知道這些人過去經歷了什麼，他只知道這些人現在正處於不正常的發瘋狀態。

但重點是……或許他們不覺得自己發瘋，在這些人的眼裡，外面那些人才是有問題的人！

當神轎來到中央處時，法師點了幾炷香，此時神轎依舊不停地搖動，透過仙姑的率領，眾人從角落抬出一個小長桌，桌上擺著陶瓷做的碗。

待桌子及碗都擺置好，原本不斷搖晃的神轎停了下來，轎伕小心翼翼將神像從神轎轎椅上搬運下來，放置到小長桌上。

在全場騷動下，蕭政遠和方逸琪來到正神神像面前，伸出自己的手腕。

仙姑拿出小刀，在兩人的手指上劃下兩道小傷口。

潺潺鮮血從手指上滑落，滴到了陶瓷碗裡面。

「等等跟著我唸、跟著我動作。」在滴完血後，法師看向兩人，那姿態充滿了神聖不可侵犯的氣場。

看到兩人點頭，法師開始口唸咒語、拿香胡亂揮舞，那模樣比起乩還像起乩。

「日月星辰、萬物歸宗……妖魔退散、穢物除淨……四方神明上我身……」

法師像是嗑了搖頭丸似的，頭不停亂甩。

「穢物！清除！穢物！清除！」法師拿香亂刺兩人的身體，幾度，兩人因為被燙到而發出痛苦的呻吟聲。

「照唸！」法師面目扭曲地咆嘯著。

被法師激烈的反應嚇到，兩人開始乖乖照唸。

未料才剛唸完沒多久，兩人開始產生怪異的行為。

「呃呃呃呃呃……啊啊啊啊啊……」方逸琪露出猙獰的面孔，她前後甩動自己的馬尾，那感覺也像是起乩般。

「神明……神明……」在做出激烈舉止的同時，方逸琪嘴裡還不斷喃喃自語。

「神明怎麼了？」仙姑在旁悄聲問。

「神明……進去了我的身體……」方逸琪全身不停地抽搐，「呃呃啊啊……」

「真好，妳得到神明的庇蔭。」仙姑面無表情說著。

「神明說⋯⋯」方逸琪邊說邊將自己的手伸入褲檔內，用力搓弄起來，「祂很喜歡我⋯⋯呃呃⋯⋯啊啊⋯⋯嘻嘻⋯⋯」她發出了淫蕩的笑聲。

就在方逸琪發瘋狂笑的時候，原本在旁誦經唸文的法師，此時走了過來，他看著方逸琪的臉龐笑了笑，伸手擰抓她堅挺的乳房。

另一邊，蕭政遠在哀號聲中，不停地用雙手十指摳抓自己的臉龐。

「神明怎麼表示？」仙姑走過去問。

「神明說⋯⋯有壞東西藏在我的眼睛內⋯⋯痾痾⋯⋯啊⋯⋯」說到這裡，蕭政遠突然轉變說話語調，他用更為低沉的台語口音繼續說下去：「神威、除魔！神威、除魔！神威、除魔！」蕭政遠不斷重複誦唸著這四個字。

「阿壽，給我一炷香。」仙姑冷靜地對著人群看了一眼。

一個同樣身著全白色衣服的男子，拿著剛點燃的香從圍觀的人群中走了出來，在將香遞給仙姑後，阿壽又恭恭敬敬地走了回去。

就在接下來，事情的發展超乎羅宇龍的想像——

仙姑緩步走到蕭政遠面前，用力撥開他原本覆蓋著臉龐的雙手，直接將自己手上熱騰騰的香刺進蕭政遠的眼睛。

「啊啊啊啊啊啊啊啊啊啊啊！」

聽到蕭政遠的慘叫，全場的信徒紛紛停下自己原本的動作，渾身顫抖起來，那反應充滿了畏懼。

「感覺有好點了嗎？」持香的仙姑在旁詢問。

「好……好……嗚……」蕭政遠彷彿痛到失去意識般胡言亂語。

「好的話，那就再來一次。」還來不及等蕭政遠有更多的反應，仙姑手上的香已經插入他的另外一隻眼睛裡。

「啊啊啊啊啊啊啊啊啊啊！」比剛才更淒厲的慘叫聲傳出。

看到這裡，羅宇龍覺得頭暈、目眩、想嘔吐，因為這些行為實在光怪陸離到讓人忍不住想作嘔！但他仍強忍住身體的不適感，將這些驚悚的畫面拍下並回傳給長官宋興邦。

回傳完照片，羅宇龍繼續觀察現場的發展。

在法師的吩咐下，兩個男子將摀著眼睛、癱倒在地的蕭政遠扶離現場，離開的過程中，蕭政遠的哀號聲遍布全場。同時，原本站在人群中央的方逸琪，也以同樣的方式被請回人群中。

儘管已經離去，蕭政遠的哀號聲仍間歇性地從遠方傳來。

「接下來，我要處理一件遺憾的事。」法師看著在場的人。

「把他帶出來！」聽到法師的吆喝聲，兩名壯丁將一個瘦骨如柴的男子扶了出來。

男子出場的時候，周遭發出淡淡的驚呼聲。

看男子病懨懨的模樣，羅宇龍猜想這人可能已經營養不良很多天了。彷彿是對待犯人般，壯丁將男子粗魯地推倒在地上，隨後冷漠地離去，原本就已經身體虛弱的男子，此時只能像蛆蟲般在地上蜷伏著。

拿著仙姑遞上的鞭子，法師走到男子面前，用力抽了幾下。

「啊！啊！啊！啊！」隨著鞭子一下下抽打，男子痛得在地板上哀號。漸漸地，男子肌膚開始滲出紅紅的鮮血，想必那毒辣的鞭子已抽得他皮開肉綻。

法師並沒有因此而收手，反而更變本加厲起來。

「你背叛神明！背叛神明！背叛神明！」法師面容扭曲地施暴。

男子在地上不停地打滾，而其他人只是默默地在旁邊圍觀，彷彿這一切都不關他們的事。

「誰叫你逃跑的？」在鞭打的同時，法師還用力狂踹男子的肚子，「你想不想治好你的疾病？你想不想治好你的疾病？你到底想不想治好你的疾病？」

儘管內心澎湃的正義感不斷呼喚自己必須行動，但羅宇龍終究忍了下來，他必須忍到最後，才能蒐集更多關於這個邪教的證據及資訊。

在這之前，羅宇龍只能先將信徒被鞭打的畫面，同樣拍下並回傳給長官宋興邦。

「老大，求求你了，趕快回我啊……不然我想出手，不想再忍了。」羅宇龍在心中默唸著。

終於，宮廟內安靜了下來，法師停止了施暴，而那個被施暴的男子躺在地上，一動也不動。

「起來。」法師用腳踢踢男子的身體，「不要裝死。」

這時，剛剛將男子攙扶過來的兩個壯丁，一人提著一個木桶再度回到法師身邊，隨著兩人靠近，陣陣臭味從遠方空氣飄傳過來。

「好臭。」王大同低聲抱怨。

「感覺是米田共的味道。」羅宇龍忍不住捏著鼻子。

儘管木桶發出的味道臭氣沖天，但聚集的信徒彷彿像是沒聞到似的，依舊神情鎮定地站在原地。

「法師，聖水準備好了。」兩個壯丁恭敬地朝法師敬禮。

法師瞄了木桶一眼，開口說道：「有些剛加入的信徒可能不知道，所以我這邊簡單說明一下。」

他邊說邊環顧全場，「這人當初是因為得了怪病而跟宮廟結緣，但後來受到邪靈的蠱惑，選擇背叛神明、抗拒治療，導致邪靈繼續在體內肆虐……才會變成今天這副模樣。」

「為了驅趕他體內的邪靈，我們必須用聖水治療他！大家說好不好？」

「好！」附和聲此起彼落著。

眾目睽睽下，法師拿勺子從木桶裡面挖出一塊像是糞水的東西，在挖取的過程中，還有不少信徒喊聲叫好。

也顧不得男子還躺在地上，在蒼蠅飛舞及信徒鼓舞下，法師掰開男子的嘴，透過勺子將東西硬送進對方的口中。

「嗚嗚嗚！」或許是因為實在太臭了，原本躺在地上陷入昏迷的男子，瞬間身體彈起並吐了出來，透過光線的照耀，羅宇龍看清楚了……

那嘔吐物果真就是屎尿摻雜的糞水！

儘管男子面露不適，法師並沒有因此而住手，反而塞了更多糞水進去他的嘴巴裡。

幾度，男子搖晃身子想要閃躲，但都被在旁的兩名壯丁給壓制住。

很快地，男子嘴邊已經沾滿屎尿的殘渣。

原本就已虛弱的男子，面臨鞭子抽打及糞水餵食的輪番凌虐後，終於咚一聲再度倒地。

法師面目猙獰地看著男子，但誰也不知道他下一步想要做什麼。

就在這個緊繃的場合，仙姑向前湊到法師耳邊，低聲提醒：「法師，陰時快到了。」

聽仙姑這麼說，法師神情冷峻地看了男子幾眼。

然而，在沉默了一會後，他並沒有繼續對男子凌虐或施暴，而是請兩個壯丁將男子抬離現場。

待仙姑也退下，法師開口打破沉默：「剛剛大家都看到了，這就是背叛神明的下場，希望大家不要犯下和他一樣的錯誤。」
聽法師這麼說，眾信徒露出歇斯底里的表情，連連點頭。
「接下來，要指定下次的供奉者及執行者！另外，也請這次的供奉者及執行者準備出來！」
聽到法師這番話，現場又是一陣騷動。
透過眼角餘光，羅宇龍瞄到仙姑脫離人群，往地窖那裡走了過去。
供奉者、執行者，這些到底代表什麼含意？而仙姑到底要幹嘛呢？
就在種種困惑布滿羅宇龍腦中時，法師又開口說話了。
「葉千霞，你是下次的供奉者；許瑞源，你是下次的執行者。」
聽法師這麼說，所有人看向兩人，而羅宇龍則是心頭一驚。
許瑞源他不知道是誰，但葉千霞……
那是自己的母親啊！
所以，下次的供奉者就是自己的母親？
羅宇龍看向母親，她面無表情站在柱子旁，不知道心裡面在想什麼。

就在羅宇龍觀察宮廟內部狀況的時候，身邊的手機突然傳來幾下震動。

打開螢幕查看，原來是長官終於回訊了！

「把宮廟的地點傳給我，我帶幾個人過去看看。」訊息上，宋興邦如此寫著。

才剛回完訊息，一陣轟隆聲突然打斷羅宇龍的思緒，那個地窖又再次打開了！

與上次不同的是，這次地窖裡傳來了小女孩的號哭聲。

一個看起來應該是就讀小學的小女孩被五花大綁綁在木板上，除了扛運的兩個壯丁外，旁邊還伴隨著一個男子，以及一名三太子打扮的乩童。

隨著距離拉近，這群人的面貌也逐漸變得清晰。

對羅宇龍來說，男子以及小女孩都不陌生，因為男子就是羅宇龍請假消失了一陣子的同事，劉敬明；而那個小女孩則是劉敬明的女兒，小樂。

直到這個當下，羅宇龍才驚覺發現，原來當初他和劉敬明一起進到謝冠勳的命案現場時，劉敬明可能就已經碰觸到邪物而被蠱惑，但這邪物是什麼呢？

神像？可是那天在搜索謝冠勳房間的時候，並沒有看到任何神像的蹤影啊！

還是符咒、符水、香、蠟燭……

各種猜測布滿羅宇龍的腦中。

瞬間，羅宇龍回想起了自己在謝家監視器影片所看到的畫面……

經文！

對，就是經文！

這段時間，自己真的辦案子辦到糊塗了，當初他在影片裡看到謝冠勳低頭翻閱一些不知道是什麼的小經文，那些經文並沒有出現在一開始搜索的結果當中。

為什麼？

因為那些經文可能被劉敬明拿走了！讀了這些經文之後，他中邪了！

自己早該想到這點的，只可惜在一連串撲朔迷離的追案當中，這個小細節很可惜地沒有被連結起來。

想到這裡，羅宇龍懊惱地捶捶自己的腦袋瓜。

羅宇龍回憶及思考的過程中，小樂的哭聲不曾停止過。

在她被運送到宮廟中央前，羅宇龍耳邊再度迴盪起那熟悉又清晰的八個字。

極陰之時~拜見神明~

極陰之時~拜見神明~

極陰之時~拜見神明~

轉頭望去，這是一位背靠在柱子上，披頭散髮、眼神渙散的老乩童所喊出的。

他口中的八字箴言，就像是午夜鐘聲般迴盪在整座宮廟內。

聽到這八個字，在場的信徒們再度掀起一陣歇斯底里的狂熱。

剛才走進地窖的仙姑，此時也從還沒關上的地窖裡面，緩緩走了上來。

又是轟隆一聲，地窖入口像上次那樣逐漸關上。

沒多久的時間，劉敬明及三太子乩童，已經跟著五花大綁的小樂來到宮廟中央。

眼見情勢發展至此，羅宇龍趕緊將這個宛如是活人生祭的場面拍下，並把這些照片回傳給長官宋興邦。

「你們大概多久會到？」羅宇龍在訊息框內打著。

不到一分鐘，宋興邦便火速回訊：「大概再半個小時左右，你務必小心注意自己的安全！」

才放下手機，羅宇龍耳邊就傳來王大同的聲音：「感覺他們要開始祭祀儀式，是時候該出手了。」

「等等我們一起衝進去？」羅宇龍看著王大同。

「我突然想到一個法子。」

「什麼法子？」

「你先待在這裡等我，記得不管發生什麼事情，都等我回來再處理。」說完，王大同三步併作兩步跑回停車處。

原本羅宇龍想開口，但王大同一溜煙人就跑得不見蹤影，讓他連追問的機會都沒有。

無可奈何的羅宇龍，只好繼續觀察宮廟內部的情況。

「今晚的供奉者，劉曉樂。」法師先是低頭看著小樂。

「今晚的執行者，邱大陳。」在法師說話的時候，三太子乩童點頭示意。瞬間，羅宇龍明白了供奉者和執行者的含意，供奉者就是獻祭給邪靈的犧牲者，而執行者就是執行任務，要負責殺死供奉者的人！

隨後在法師的誦經唸文下，三太子乩童開始起乩，他在小樂的身邊來回走動，邊走還邊揮舞著三角令旗。

或許是意識到自己陷入更危險的境地，小樂的哭聲變得更淒厲了。

「阿樂，妳別哭，等等乩童叔叔就會帶妳去見神明。」瘋眼瘋眼的劉敬明，待在小樂旁邊哄著她。

「我不要……我不要去見神明……」小樂激動地扭動身軀，但被五花大綁固定住的她，根本難以從木板上逃脫。

「阿樂乖……阿樂乖……阿樂乖乖見神明……」鬥雞眼的劉敬明，用空洞的語氣喃喃自語著。

接下來的幾分鐘，法師和乩童依舊維持唸經及起乩的態勢，而在場的信徒則是紛紛比出先前那樣的沙卡手勢，對著前方無形的空氣祭拜，彷彿神明正在那邊和他們對話似的。

全場沸騰下，乩童從繡花肚兜裡面抽出一把刀，仔細一看，那不是尋常拍戲用的假刀，而是可以拿來殺人、砍人用的真刀！

提著這把鋒利的短刀，乩童來到小樂身後，對著空氣輕輕揮舞著刀子。

「爸爸……爸爸……救我……」小樂將最後的希望看向劉敬明。

「阿樂，妳得了怪病，神明是在幫助妳，妳不要抗拒。」說著說著，劉敬明鼻酸了起來。

從劉敬明整體的反應來看，彷彿他不覺得接下來的事情有多恐怖，而是認為神明可以幫助自己的女兒。

可能是小樂的哭聲實在太大聲了，一名壯丁湊上前去，用白色毛巾塞住小樂的嘴。

「嗚……」小樂絕望地在木板上搖搖頭。

「王大同到底幹什麼去了……」

就在羅宇龍心急如焚的時候，氣喘呼呼的王大同，終於提著東西跑回來了。

「你剛剛跑到哪裡去了？」羅宇龍焦急地看著王大同。

「我去車上拿東西。」王大同將東西輕輕放在地上。

「這是……汽油？」羅宇龍睜大眼睛。

「對。」

「你想燒了這座宮廟？」

「沒辦法，這座宮廟是當初這些邪靈自殺的地點，聚集了太多的怨氣，如果不燒毀的話，冤魂越聚越深，將來會形成很強的負能量磁場。」王大同打開汽油桶，倒了些許汽油在地上，又說：「但最根本的辦法，還是要摧毀正神。這些邪靈長期被當成神明一樣拜，當有越來越多的信徒加入這個組織，這些邪靈的勢力會越來越龐大，到了最後，這已經不是尋常的孤魂野鬼，而是一個具有完善組織、制度及信仰的宗教。」

「邪教。」王大同最後又補充這兩個字。

趁宮廟內的這些信徒在忙活人生祭的儀式，兩人提著汽油桶迅速在宮廟周遭繞了一圈，很快地，地上已經布滿他們灑下的汽油。

灑完汽油，王大同對羅宇龍悄聲說道：「等等先不要放火，我們先衝進裡面警告這些人，如果這些人反抗的話，記得使用我給你的那些裝有橡膠子彈的手槍。」

「那神像呢？」

「神像我負責摧毀，你負責控場並護航我就好。」

「了解。」

「靠你了，霞山分局槍法最準的神槍手。」王大同拍拍羅宇龍的肩膀。

兩人講悄悄話的時候，屋內又有了動靜，儀式好像來到了最高潮。

在這個最關鍵的時刻，乩童閉上雙眼，以緩慢的速度高高舉起手上的短刀。

看到這情景，兩人心有靈犀地對視了一眼。

三、二、一……

砰！

相約倒數三秒後，兩人破門而入闖進宮廟內。

瞬間，原本沸騰的場子突然凝結了幾秒，唸咒的法師停下咒語，而圍繞在旁邊的信徒也停止當下的手勢。

「不要動，警察！」雖然知道對方中邪，但羅宇龍還是例行性地出示員警證。

或許是預感儀式即將被破壞，乩童想趁著空檔將儀式執行完成。

咻一聲，短刀迅速向下墜落，那目標即是直指今晚的供奉者，小樂。

砰砰！

槍聲過後，短刀停在半空，接著掉落到地板上。

手部中槍的乩童，痛苦地躺在地上翻滾哀號著。

眼見羅宇龍開槍，信徒們像是發了瘋般，一擁而上朝兩人撲了過去。

在羅宇龍神準的槍法下，這些信徒輪番被制伏。

來到小樂身邊，羅宇龍迅速將她手上的綑綁給解開。

才剛解開小樂的綑綁，羅宇龍突然感到眼前一黑。

手持木棍的劉敬明攻擊他的頭部！

強忍住頭部的不適，羅宇龍和劉敬明扭打了起來。

受限於頭昏腦脹的狀況，羅宇龍暫時居了下風，在兩人僵持的時候，羅宇龍努力擠出一點力氣，從口袋裡面掏出手槍，對著劉敬明的肚子開了一槍。

棍子掉在地上，中槍的劉敬明不支倒地。

為了確認劉敬明並非假裝昏迷，羅宇龍小心翼翼，一步一步地靠近。

很快地，兩人相距只剩下不到十步之遙……

「小心！」羅宇龍背後傳來王大同的急喊。

但已經來不及了……

在激烈的捅刺下，鮮血如同噴泉般湧出。

但死的不是羅宇龍，而是羅宇龍的母親。

是母親替他承受了致命的一擊。

不到五秒鐘的時間，用短刀殺人的法師，被羅宇龍手槍的子彈擊中多次，他搖搖晃晃走了幾步路，最後終於咚一聲倒在地上，再也不省人事。

「媽……」羅宇龍趕緊向前將母親攙扶起，那把短刀還插在她的胸口上，沒有拔出。

「宇龍……」母親看著羅宇龍的臉，儘管因為失血過多而臉色蒼白，但她的眼神卻是久違的清澈。

或許，那潛藏的母愛，讓長期受到邪靈蠱惑的母親，在自己的小孩身陷險境時，本能性地突破邪靈的控制，挺身而出擋下這一擊。

「媽……」羅宇龍握緊母親的手。

「希望你阿姊……有天真的能夠回來我們的身邊。」

說完這句話，母親的頭輕輕靠在羅宇龍胸前。

沒多久，她的手垂了下去，而心跳聲也慢慢停止。

雖然心裡明白母親已經離自己遠去，但羅宇龍一時之間仍難以接受這個事實。

母親在死前的眼神是平靜且善良的，就跟以前還沒中邪的時候一樣。

另一邊，王大同在擊暈幾個信徒後，終於成功來到神像面前。

嚕嚕嚕幾聲，王大同將小瓶子裡面的汽油通通淋在神像上面。

就在王大同拿出打火機，準備燒毀神像時，突然一個持小刀的人影從眼角視線竄出。

是法師！

瞬間，一道鮮血隨著傷口激滲出來！

好在王大同閃得快，小刀只劃傷他的右手臂，而未傷及要害。

原來，雖然剛剛被羅宇龍擊倒，但法師並沒有完全失去意識，趁著羅宇龍關心母親的空檔，他又站起身來，想試圖阻止王大同燒毀神像。

很快地，兩人陷入了一片扭打。

「妖魔，看我的厲害！」

王大同朝法師臉上噴灑艾草水。

讓王大同吃驚的是，和其他信徒不同，法師並沒有因為驅邪物品而受到半點影響。

「這人沒有中邪？」這個念頭自王大同腦中快速閃過。

王大同猜得沒錯，和其他信徒不同，法師根本沒有中邪。

多年前，稍懂道術的法師周天成，從舊新聞得知古葉村殺人犯自殺事件後，就實際來到這座廢棄宮廟探查，結果除了找到地上的二郎神像外，還發現屋內的邪靈怨氣沖天。從那時候開始，周天成就和這四個邪靈做了交易，他負責當這些邪靈的打手，讓邪靈有固定的活人鮮血供奉，而另一方面，又藉由邪靈蠱惑人心的力量吸納更多信徒以擴張勢力。

其實在周天成的內心深處，他根本不在乎神像裡面待的到底是神還是鬼，這是名門正派還是偏門邪教，對他來說也根本不重要，他只想當這個龐大組織底下的利益收割者。

透過這樣魚幫水、水幫魚的方式，這些年周天成財源廣進，除了事業越做越大外，也剷除了不少看自己不順眼的敵對勢力。對於周天成來說，他無意變成一個檯面上的人物，這樣子做只會樹大招風，相反地，他更傾向成為一個低調行事的邪靈走狗，因為這樣的日子更舒適，也更滋潤。

直到……

直到這兩個白目的警察到處亂查案，查到自己多年經營的舒適圈快要被打破。

儘管和邪靈做了交易，但周天成有另外養了小鬼來制衡，因此邪靈沒有辦法和對待其他信徒一樣，蠱惑並控制他的身心。

經過一番纏鬥，兩人呈現周天成持刀在上、王大同被壓制在下的局面，就在雙方僵持不下的時刻——

砰！

頭暈目眩的周天成痛到鬆手，原本緊緊握在手上的刀子，此時也掉落到地面，原來剛才是不遠處的羅宇龍開了一槍。

趁著短暫的空檔，王大同將刀子拾起，就在他拾起刀子，並將刀鋒朝向對方的瞬間，腦充血的周天成剛好咆嘯一聲，撲了過來。

「啊啊啊啊啊啊啊啊啊啊！」

啪！

一道鮮血噴湧，周天成的胸口頓時中刀。

「唔～」王大同下意識鬆開刀柄。

和羅宇龍對眼的時候，王大同一直露出「我不知道他自己要跑過來送死」的無辜表情。

倒在地上的周天成，在抽搐了幾下後，便一動也不動了。

努力克服內心的慌亂，羅宇龍和王大同穩住陣腳，彷彿是有心電感應般，兩人不約而同看向了同一個地方。

然而那裡是……

空空如也。

神像不見了！

剛剛明明還在的啊……

「在那裡！」王大同指著宮廟大門口。

一個倉皇逃離的熟悉身影，正抱著神像朝外面逃去。

是仙姑。

想必是趁剛才一陣混亂時，仙姑抱起溼淋淋的神像，想逃脫祝融的制裁。

砰！

情急之下，王大同開了一槍，但只擊中仙姑的右腿。

只見仙姑走路變得一拐一拐，但依舊具有行動能力。

「我子彈快用完了！」王大同看著羅宇龍。

「我也只剩幾發。」羅宇龍喘著氣。

眼看仙姑逐漸跑遠，兩人先帶小樂離開宮廟。

步出宮廟門口，羅宇龍蹲下身子對驚甫未定的小樂說：「小樂，趕快跑，跑得越遠越好，不要回頭！知道嗎？」

乖巧的小樂點了點頭，接著果真頭也不回地往樹叢的方向奮力奔跑。

沒想到羅宇龍才剛轉身，樹叢處馬上傳來小樂的尖叫。

小樂躺在血泊裡一動也不動，她的胸口插著一把鋒利的水果刀。

水果刀？

這把水果刀異常眼熟……

那是先前阿秋姨和坤叔追殺他們時，所使用的那款水果刀！

「呃呃呃呃呃啊啊啊啊啊！」阿秋姨陰森森的臉龐，在黑暗的樹叢裡浮現，她的眼珠子上吊，舌頭則像是白無常那樣伸得老長。

滿臉兇神惡煞的坤叔，和披頭散髮的阿秋姨，肩並肩從樹叢內走了出來。

砰砰！

砰砰砰！

情急與悲憤交雜下，羅宇龍和王大同輪番開槍，藉由驅邪子彈的發威，坤叔和阿秋姨不支倒地。

兩人快步湊上前去，坤叔和阿秋姨陷入重度昏迷，而小樂則已經沒有任何生命的跡象。

儘管母親以及小樂的死，讓羅宇龍的內心感到悲痛，但時間急迫，所以他也只能強忍住悲傷的情緒，和王大同一起繼續追捕逃跑的仙姑。

好在右腿的傷勢大大減緩仙姑行進的速度，經過一陣子的追趕，兩人終於在懸崖邊追上對方。

可能是意識到自己退無可退，抱著神像的仙姑轉過身來，和兩人面對著面。月光照耀下，面無表情的仙姑，在懸崖邊一步步倒退著，一邊倒退還一邊發出陰邪的顫抖聲。

「神槍手，你手上還剩下幾發子彈？」詢問的當下，王大同沒有轉頭，而是繼續邁步向前。

「一發。」羅宇龍坦率地回答。

「只剩一發？」王大同發出淡淡的詫異聲。

「嗯，那你呢？」這會，換羅宇龍反問對方。

「如果說你剩一發，那我就是一發不剩。」聽王大同這麼說，羅宇龍差點沒暈倒。

「那你覺得現在要怎樣做比較好？」關鍵時刻，羅宇龍轉頭徵詢身旁夥伴的意見。

「這裡是懸崖，出口都被我們兩個堵住了，趁現在僵持的時候，你趕快朝那女人開一槍，記得這槍法要準，最好能打到她動彈不得最好。」王大同以盡可能壓低的音量，用咬耳朵的方式告訴羅宇龍。

「然後呢？」羅宇龍悄聲追問。

「那神像剛才已經被我淋上汽油，等你開槍制伏對方，我就第一時間衝過去把神像搶回，用打火機將這個神像燒了。」

聽完王大同的策略，羅宇龍微微點了點頭。

「好，等等『GO』就是暗語，你聽到我喊『GO』，就馬上開槍。」王大同繼續在羅宇龍身邊咬耳朵。

「行，這事交給我，沒問題！」羅宇龍做出義氣相挺的回應。

「好。」緊要關頭，王大同深深吸了口氣……

GO！

槍聲……

沒有槍聲。

對，和原先的計畫不同，羅宇龍並沒有開槍。

寂靜的懸崖上已不見仙姑的蹤影，羅宇龍和王大同迅速趕到懸崖邊，看著底下這塊被樹林及溪流包夾的平坦空地。

原來，就在剛才千鈞一髮的時刻，可能是猜測到兩人的意圖，控制仙姑心智的邪靈決定壯士斷腕，選擇讓她縱身一跳，跳下這個高達數十公尺的懸崖。

沒料到對方真的跳崖，兩人盡是面色鐵青。

無可奈何的他們，只能藉由月光的照明來搜索仙姑的下落。

很快地，眼尖的王大同便找到了仙姑的蹤跡。

「在那裡！」懸崖邊，王大同手指著空地一處。

循著王大同指示的方向看過去，羅宇龍也看見了，雖然因為光線昏暗及帶點距離而看得不是很清楚，但那裡依稀有個人一動也不動躺在地上，而伴隨在她周遭的，則是貌似已經碎裂開來的邪靈神像。

「怎麼辦？」羅宇龍滿頭大汗看著王大同。

「還能怎麼辦？趕快下去追！」王大同低聲催促。

「好！」

片刻不得閒的兩人，以十萬火急的速度趕到和懸崖接壤的那塊空地。

不知道是否自己的錯覺，前往目的地的過程中，羅宇龍總覺得周遭陰風陣陣。

好不容易，兩人終於順利抵達仙姑墜谷的現場。

端詳當前的形勢，一邊是湍急的河流，另外一邊則是黯淡的密林。

來到臉朝地面的仙姑身邊，羅宇龍將她的身體翻了過來，卻發現對方已經呈現頭顱破裂、七孔流血的慘死狀態。

將食指及中指併攏，羅宇龍用兩指湊到仙姑鼻前測試。

「她死了。」確認對方真的沒有任何氣息後，羅宇龍抬頭看著王大同。

「我去撿神像！」

正當王大同三步併作兩步來到神像附近，準備將邪靈神像拾起時，他突然像是被電電到似的停下動作。

「怎麼了？」羅宇龍來到王大同身邊。

「附近有人。」王大同出聲示警。

受到對方示警的影響，羅宇龍環顧四周。

林子裡，有十多個人持槍從黑暗中緩步走出，這些人全都身著警察制服，並以圍堵的形式堵住兩人的出路。

很快地，羅宇龍看清楚了這些人的樣貌。

為首的是長官宋興邦，跟在他背後的，則是霞山分局的同事。

儘管都是熟悉的面孔，但羅宇龍從這些人臉上的眼神及表情，嗅到了陣陣強烈的殺氣。

「這些人……樣子看起來不太對勁。」雙方對峙的時候，羅宇龍耳邊傳來王大同的低聲提醒，「感覺他們全都中邪了！」

其實，羅宇龍的判斷也和王大同差不多，多年累積下來的刑警工作經驗告訴他，這氣氛不對。

為了應付接下來可能會發生的衝突，羅宇龍不自覺將腰際上的槍拔出，儘管……這把槍裡面只剩下一發子彈。

「老大。」在這緊繃的場面，羅宇龍仍嘗試和對方溝通，「這神像被邪靈入侵了，如果不毀了這個神像，將來會有更多無辜者犧牲。」

宋興邦沒有回應羅宇龍的話，而事實上，他的確也不需要回應，因為早就被邪靈控制住的他們，只想在這個偏僻的地方將兩人滅口、處理掉。

彷彿受到一股神祕力量的指使，這些警察紛紛提起手上的警槍，將警槍對準了羅宇龍和王大同的身體——

出於警察本能，羅宇龍也不甘示弱，舉起手上的那把槍抗衡……

「只剩一發子彈，你不要跟我說你想硬幹。」王大同那細微的聲音，小到只有身旁的羅宇龍才聽得清楚。

王大同的勸阻，讓原先想硬拚的羅宇龍打消念頭，他微微轉頭瞄了王大同一眼。

「你會游泳嗎？」

「別看我肚子這麼大，我國中可是游泳比賽冠軍。」王大同神速回應。

「聽你這麼說，我就放心了。」

基於這段時間搭檔所累積出來的默契，彷彿心有靈犀般，在相互使了個眼色後，兩人頭也不回地同時跳進後方湍急的溪流。

打不過～逃！

砰砰砰砰砰砰砰砰砰砰砰──

原本安詳靜謐的空地，瞬間變成槍林彈雨的殺戮戰場，直到過了快一分鐘才終於恢復平靜。

短暫漂浮在水面上的團團血水，此時早已被更高處流下的溪水給清洗殆盡。

溪流沿岸，邪警們徹夜尋找羅宇龍及王大同的屍體，以確認兩人真的已經死亡。

在這些警察搜尋的空檔，宋興邦走到邪靈神像面前，將這個破損嚴重的神像撿了起來。

和神像對視的瞬間，宋興邦的嘴角揚起一抹陰冷詭譎的微笑。

因為他也是……信徒。

32

深夜，霞山分局的辦公室裡，留守的彥辰面無表情嚼著口香糖。

一邊嚼，他的臉色逐漸變得越來越陰沉。

突然……

彥辰的嘴裡吐出一顆血肉模糊的東西到自己手上。

仔細一瞧，那是老莫的眼睛。

（全書完）

釀冒險73　PG2929

瘋神祭

作　　者　熊小猴
責任編輯　陳彥儒
圖文排版　陳彥妏
封面設計　吳咏潔

出版策劃　釀出版
製作發行　秀威資訊科技股份有限公司
114 台北市內湖區瑞光路76巷65號1樓
電話：+886-2-2796-3638　傳真：+886-2-2796-1377
服務信箱：service@showwe.com.tw
http://www.showwe.com.tw
郵政劃撥　19563868　戶名：秀威資訊科技股份有限公司
展售門市　國家書店【松江門市】
104 台北市中山區松江路209號1樓
電話：+886-2-2518-0207　傳真：+886-2-2518-0778
網路訂購　秀威網路書店：https://store.showwe.tw
國家網路書店：https://www.govbooks.com.tw
法律顧問　毛國樑　律師
總 經 銷　聯合發行股份有限公司
231新北市新店區寶橋路235巷6弄6號4F
電話：+886-2-2917-8022　傳真：+886-2-2915-6275

出版日期　2023年10月　BOD一版
定　　價　280元

Printed in Taiwan

讀者回函卡

國家圖書館出版品預行編目

瘋神祭/熊小猴著. -- 一版. -- 臺北市：釀出版,
2023.10
面； 公分. -- (釀冒險；73)
BOD版
ISBN 978-986-445-865-3(平裝)

863.57 112015768